S.F. V.

»DIE WELT IST MEINE VORSTELLUNG«

Eine Einführung

in die ›Große kommentierte Frankfurter

Ausgabe‹ der Werke von

Thomas Mann

S. FISCHER VERLAG

Frankfurt a. M.

Das Zitat auf der Titelseite stammt aus Thomas Mann,
Joseph und seine Brüder
Fotografie auf Seite 5: Thomas Mann, 1946

Gesamtherstellung: Clausen & Bosse, Leck
Printed in Germany
ISBN 3-10-990502-7

INHALT

EDITORIAL

»Man wird sich diesen Namen unbedingt notiren müssen«, schrieb ein damals schon nicht mehr ganz unbekannter Autor – er hieß Rainer Maria Rilke – über einen Kollegen, dessen erster Roman, betitelt *Buddenbrooks*, gerade bei S. Fischer erschienen war. Das war vor hundert Jahren.

Seitdem haben sich ungezählte Leser diesen Namen Thomas Mann »notirt«, sind seine Bücher in alle Kultursprachen übersetzt worden. Denn für das ganze epochale Werk Thomas Manns hat sich die Prophezeiung bewahrheitet, die ein anderer Kritiker dem ersten großen Opus mit auf den Weg gab: Es sei »unzerstörbar« und werde »wachsen mit der Zeit und noch von vielen Generationen gelesen werden«.

Die Beziehung des Autors zu seinem Verlag hat die Schicksalsschläge der großen Kriege, der Vertreibung und lange Jahre der Emigration überdauert. Für den Verlag stand das Werk Thomas Manns immer im Mittelpunkt – ein Werk, das wie kaum ein anderes in einzigartiger Weise die Geschichte des vergangenen Jahrhunderts reflektiert hat.

Im Herbst diesen Jahres wird der S. Fischer Verlag mit der Publikation der *Großen kommentierten Frankfurter Ausgabe* der Werke von Thomas Mann beginnen – es wird die erste kommentierte, vollständige Edition seines vielgestaltigen Œuvres sein. Die *Buddenbrooks*, ein *Essay*band und ein *Brief*band machen den Anfang. Seit langem ist eine solche Ausgabe ein Desiderat: Den handschriftlichen Nachlass zu prüfen, die Querverweise innerhalb dieses umfangreichen Werks zusammenzutragen und, unter Berücksichtigung des heutigen Forschungsstandes, in konzentrierter Form darzustellen, ist unsere Aufgabe. Unter Verwendung modernster Technologien werden wir Thomas Manns Schriften anders als bisher präsentieren können: Die von Jost Hochuli gestaltete Buchausgabe wird ergänzt durch eine Version auf CD-ROM, die Ihnen neue Wege der Erforschung bieten wird.

Wenn Sie die *Buddenbrooks* zum ersten Mal seit ihrem Erscheinen in der Gestalt des Erstdrucks lesen werden, wenn Sie die im Kommentar entfalteten Frühstadien dieses Romans kennen lernen und die zeitgleich entstandenen Versuche und persönlichen Stellungnahmen, die im Essay- und Briefband enthalten sind, studieren können, werden Sie – wie einst Rilke – ein erstaunliches Werk neu entdecken.

August 2001 *Monika Schoeller*

»Er ist ein Zeuge außerhalb der Reihe. Und er ist nicht lau.«
Heinrich Mann

DIE ›GROSSE KOMMENTIERTE FRANKFURTER AUSGABE‹ DER WERKE VON THOMAS MANN

Im Rückblick auf die Literatur des 20. Jahrhunderts erscheint Thomas Mann als einer der wenigen Klassiker, die nicht nur weltweit gerühmt, sondern auch gelesen werden. – Sein Werk, das in zahlreiche Sprachen übersetzt wurde, vermag bis heute, ungeachtet aller Moden, Leser wie Forscher zu beeindrucken und neu herauszufordern.

Seit den zwanziger Jahren sind die Romane, Erzählungen und Essays immer wieder in großen Werkausgaben veröffentlicht worden. Zu einer anhaltenden Rezeption haben die im Exil entstandene *Stockholmer Ausgabe*, die 1955 in Ost-Berlin erschienene *Aufbau-Ausgabe* sowie die unter der Leitung von Hans Bürgin 1960 auf zwölf Bände angelegten und 1974 um einen Band erweiterten *Gesammelten Werke in 13 Bänden* nennenswert beigetragen.

In den achtziger Jahren wurde zum ersten Mal das Desiderat einer philologisch dokumentierten Edition formuliert. Darauf antwortet das im folgenden Jahrzehnt entwickelte Projekt, das das gesamte überlieferte Werk dieses Autors einer genauen Autopsie unterziehen und in einer Gesamtschau darstellen will. Die *Große kommentierte Frankfurter Ausgabe* (GKFA) wird einem Editionsstandard entsprechen, den man heute für ein Werk dieses Ranges erwarten darf, um sowohl dem Stand der Forschung wie den Bedürfnissen der breiteren Leserschaft gerecht zu werden. Allerdings käme es einem unverantwortlichen Anachronismus gleich, wollte man in Anbetracht der jetzigen und zukünftigen elektronischen Archivierungs- und Distributionsmöglichkeiten eine historisch-kritische Ausgabe nach dem Muster jener früheren Monumental-Editionen in Angriff nehmen, die, bis zum Abschluss, oft auch zum Abbruch, sich über Jahrzehnte hingezogen haben. Die Buchausgabe der GKFA wird daher so gestaltet, dass sie in überschaubarer, relativ kurzer Zeit abgeschlossen werden kann und in der Textpräsentation wie in der Kommentierung ebenso den philologischen Erfordernissen wie dem, gerade auch wegen der unabsehbaren Flut der Sekundärliteratur, berechtigten Verlangen nach zuverlässiger, konzentrierter und überschaubarer Information zu entsprechen vermag.

Zu den Texten: Statt problematischer und fragwürdiger Mischtexte wird, nach Prüfung aller Drucke, Typoskripte oder Handschriften, jeweils der Leittext mit der besten historischen Legitimation zugrunde gelegt. Das ist zwar häufig, aber keineswegs immer, der Erstdruck. Der ausgewählte Text wird stets auch in der ursprünglichen Orthographie und Interpunktion wiedergegeben, jedoch ohne die eindeutig erkennbaren Verschreibungen und Druckfehler. Alle Eingriffe werden in den Kommentarbänden vermerkt. Bei der Angabe von Varianten beschränkt sich die Buchausgabe, um die Lesbarkeit nicht zu gefährden, auf solche, denen erkennbar eine inhaltliche oder sprachliche Bedeutung zukommt. Auf der CD-ROM werden dann sämtliche Abweichungen zu finden sein.

Selbstverständlich werden in der Buchausgabe alle vorhandenen Vorstufen, nicht zum Druck gebrachten Passagen oder Ergänzungen in späteren Fassungen dokumentiert. So erfolgt im Kommentarband von *Buddenbrooks* die erste vollständige Transkription der bisher für die Forschung nur durch die Handschrift im Zürcher Archiv zugänglichen Ausgeschiedenen Blätter. Desgleichen die bisher in ihrer Gesamtheit ebenfalls nur handschriftlich vorhandenen so genannten Materialien, d. h. die den Prozess der Vorbereitung und der Niederschrift begleitenden Stichworte, Skizzen, Generationenschemata, Vermögensberechnungen etc.

Beim *Doktor Faustus* – um ein Beispiel aus dem Spätwerk zu nennen – werden die teilweise andernorts publizierten, aus Kürzungsgründen ausgeschiedenen Partien zusammen mit den bisher unveröffentlichten Streichungen in den Kommentarband aufgenommen.

Der *Kommentarband* gliedert sich in folgende Teile: Entstehungsgeschichte, Textlage, Quellenlage, Rezeptionsgeschichte, Stellenkommentar und gegebenenfalls Paralipomena.

Im Unterschied zu den übrigen, rein informatorischen oder dokumentarischen Teilen des Kommentars sind die Kapitel über die *Entstehungs-* und die *Rezeptionsgeschichte* essayistisch gehalten. Die Beschreibung der Genese beschränkt sich nicht auf die mit Originaldokumenten belegte Chronologie, sondern stellt diese vor den Hintergrund der zeitgeschichtlichen, geistesgeschichtlichen und literarischen Situation und bezieht das biographische Umfeld wie die späteren autobiographischen Rückblicke mit ein. Auch in der Rezeptionsgeschichte werden die zitierten Belege einem historischen und biographischen Horizont zugeordnet.

Die *Stellenkommentare* geben außer den reinen Sachinformationen, Worterklärungen und Übersetzungen punktuelle Quellennachweise (die, so weit wie möglich, auch durch die Dokumentation erhalten gebliebener Randanstreichungen und Lesebemerkungen Thomas Manns ergänzt werden). Sie weisen offene wie verdeckte Zitate nach, belegen Textübernahmen und verweisen, soweit dies für das Verständnis nötig und erhellend ist, auf motivische und thematische Beziehungen zwischen der jeweils kommentierten Stelle und dem übrigen Werk Thomas Manns. Darüber hinaus tragen sie die einschlägigen Ergebnisse und Positionen der Forschungsliteratur zusammen.

Das Briefwerk ist zwar in etlichen Einzelkorrespondenzen hervorragend ediert worden, etwa die Briefwechsel mit Heinrich Mann, Ernst Bertram und Agnes E. Meyer. Doch ist die einzige

Auswahl aus dem riesigen Gesamtcorpus, die Erika Mann in den frühen 60er Jahren in drei Bänden herausgab, noch immer nicht ersetzt. An ihre Stelle tritt nun eine achtbändige, die die frühere nicht nur dem Umfang nach weit überholen wird. Den Abschluss der GKFA wird eine revidierte Tagebuchedition bilden.

Alle Textgruppen werden nach denselben editorischen Richtlinien herausgegeben, wobei es zu kleinen gattungsbedingten Abweichungen kommen kann.

»Thomas Mann ist einer der Seltenen, die wir wirklich bewundern können. In seinem Werk gibt es kein Versagen ... Er ist Humanist im vollsten Sinne des Wortes.« *André Gide*

EDITIONSPLAN DER ›GROSSEN KOMMENTIERTEN FRANKFURTER AUSGABE‹

WERKE

Das dichterische Werk

Das gesamte literarische Werk wird mit der *Großen kommentierten Frankfurter Ausgabe* in einer textkritisch überarbeiteten Fassung vorgelegt. Der Kommentar dokumentiert sowohl die Textgeschichte wie auch das geistesgeschichtliche Umfeld jedes Werks und bietet die wichtigsten Lesarten.

Jeder Textband wird begleitet von einem separaten Kommentarband.

Buddenbrooks — Herbst 2001
Hg. von Eckhard Heftrich

Frühe Erzählungen (1893–1912) — Herbst 2004
Hg. von Terence J. Reed

Fiorenza / Lyrik / Gesang vom Kindchen — Herbst 2009
Hg. von Eckhard Heftrich

Königliche Hoheit — Herbst 2007
Hg. von Heinrich Detering

Der Zauberberg — Herbst 2002
Hg. von Michael Neumann

Späte Erzählungen (1919–1953) — Herbst 2009
Hg. von Hans R. Vaget

Joseph und seine Brüder I — Herbst 2006
Die Geschichten Jaakobs. Der junge Joseph
Hg. von Jan Assmann, Dieter Borchmeyer und Wolf-Daniel Hartwich

Joseph und seine Brüder II — Herbst 2006
Joseph in Ägypten. Joseph, der Ernährer
Hg. von Jan Assmann, Dieter Borchmeyer und Wolf-Daniel Hartwich

Lotte in Weimar — Herbst 2003
Hg. von Werner Frizen

Doktor Faustus — Herbst 2004
Hg. von Ruprecht Wimmer

Der Erwählte — Herbst 2008
Hg. von Ruprecht Wimmer

Bekenntnisse des Hochstaplers Felix Krull — Herbst 2005
Hg. von Thomas Sprecher

Das essayistische Werk

Mit den Schriften über Kunst und Künstlertum, mit den politischen Reden und Essays sowie mit zahlreichen Porträts und Würdigungen stellt sich Thomas Mann in die Reihe der größten Essayisten des 20. Jahrhunderts. Die rund 1200 bibliographisch erfassten, bisher verstreut und teilweise entlegen publizierten Texte werden in der *Großen kommentierten Frankfurter Ausgabe* zum ersten Mal versammelt. Die Kommentare dokumentieren auch hier die Text- und Rezeptionsgeschichte und vermitteln dem Leser zeit- und kulturgeschichtliche Hintergrundinformationen.

Jeder Textband wird begleitet von einem separaten Kommentarband.

Betrachtungen eines Unpolitischen Herbst 2007
Hg. von Hermann Kurzke

Essays I dokumentiert die literarische und thematische Orientierung des jungen Thomas Mann bis zum Ausbruch des ersten Weltkriegs. *Bilse und ich* (1906) und der *Versuch über das Theater* (1907) gehören zu den zentralen poetologischen Texten dieser Schaffenszeit.

Essays I (1893–1914) Herbst 2001
Hg. von Heinrich Detering

Die Publizistik von 1914 bis 1926 begleitet den Weltkrieg, aber auch die parallel entstehenden *Betrachtungen eines Unpolitischen.* Die Auseinandersetzung mit der jungen Weimarer Republik führt in den zwanziger Jahren zu einer Hinwendung zum Republikanismus.

Essays II (1914–1926) Herbst 2002
Hg. von Hermann Kurzke

Essays III setzt ein mit einer neuen Hinwendung zur Heimatstadt Lübeck (*Lübeck als geistige Lebensform*), umfasst die eindringlichen Warnungen vor dem Nationalsozialismus aus den späten zwanziger Jahren und mündet in das *Bekenntnis zum Sozialismus* (1933).

Essays III (1926–1933) Herbst 2008
Hg. von Terence J. Reed

Die öffentliche Reaktion auf die Rede *Leiden und Größe Richard Wagners* (1933) zwang Thomas Mann und seine Familie ins Exil. Der Band beinhaltet die Essays aus der Zeit in Frankreich und der Schweiz sowie aus dem frühen amerikanischen Exil.

Essays IV (1933–1939) Herbst 2003
Hg. von Stephan Stachorski

Aus Princeton meldet sich Thomas Mann zum *Problem der Freiheit* (1939), die politische Publizistik gewinnt – vor allem durch die BBC-Radiobeiträge *Deutsche Hörer!* – an Gewicht. In Kalifornien, wo Thomas Mann seit 1940 lebt, reagiert der angesehene, inzwischen amerikanischer Staatsbürger gewordene Autor auf den Tod Hitlers.

Essays V (1939–1945) Herbst 2006
Hg. von Hans R. Vaget

Dostojewski, Nietzsche und Goethe sind die drei Figuren, mit denen sich Thomas Mann in den Jahren nach dem Krieg vorrangig beschäftigt. Mit kritischem Blick werden die Entwicklungen im Nachkriegsdeutschland beobachtet und kommentiert.

Essays VI (1945–1950) Herbst 2004
Hg. von Herbert Lehnert

Die Rede *Meine Zeit* (1950) dokumentiert Thomas Manns innere Abwendung von den zunehmend durch hetzerische, antikommunistische Stimmung geprägten USA. Ende 1952 kehrt er endgültig nach Europa, in die Schweiz, zurück. Mit dem *Versuch über Schiller* (1955) schreibt Thomas Mann seinen letzten großen Essay und knüpft nach genau fünfzig Jahren an seine erste kleine Würdigung dieses Dichters an.

Essays VII (1950–1955) Herbst 2005
Hg. von Klaus Bohnen

BRIEFE

Die Korrespondenz Thomas Manns bietet nicht nur Einblick in private Zusammenhänge, sie beinhaltet gleichzeitig ein zeitgeschichtliches Panorama, das sich von 1889 bis ins Todesjahr 1955 erstreckt. Heute sind ungefähr 25 000 Briefe Thomas Manns bekannt. Die *Große kommentierte Frankfurter Ausgabe* wird mit ca. 3000 Briefen, die teilweise zum ersten Mal publiziert werden, eine repräsentative Auswahlausgabe schaffen. Der Kommentar gibt detaillierte Sacherläuterungen und vernetzt private, geschichtliche und werkbezogene Sachverhalte. Text und Kommentar befinden sich jeweils in einem Band.

Die Briefe werden von Thomas Sprecher, Hans R. Vaget und Cornelia Bernini herausgegeben.

Briefe I (1889–1913)	Herbst 2001
Briefe II (1914–1923)	Herbst 2003
Briefe III (1924–1932)	Herbst 2005
Briefe IV (1933–1938)	Herbst 2007
Briefe V (1939–1942)	Herbst 2009
Briefe VI (1943–1947)	Herbst 2011
Briefe VII (1948–1951)	Herbst 2013
Briefe VIII (1952–1955)	Herbst 2015

TAGEBÜCHER

Entgegen der Selbsteinschätzung von Thomas Mann, seine Tagebücher seien ohne literarischen Wert, wurde im Fortgang ihrer Veröffentlichung ab 1979 immer deutlicher, dass diese Diarien als autobiographisches, werkgeschichtliches und zeitgeschichtliches Dokument ihren eignen Rang haben. Eine neue Gesamtausgabe ohne sie wäre daher auf empfindliche Weise unvollständig. Die zunächst von Peter de Mendelssohn herausgegebene, nach seinem Tod von Inge Jens weitergeführte und 1995 vollendete Ausgabe war so angelegt, dass jeder Band auch für sich, zumal im Kommentar, bestehen konnte. Wiederholungen waren daher nicht zu vermeiden. Zudem wurden die Kommentare auch durch eine Fülle wertvoller, oft schwer zugänglicher oder gar unveröffentlichter Dokumente und Briefe angereichert. Viele dieser Zeugnisse finden nun ihren Platz in den entsprechenden Kommentarbänden des dichterischen oder essayistischen Werks oder in den Briefbänden der *Großen kommentierten Frankfurter Ausgabe.* Auch wird die revidierte Ausgabe die Gelegenheit bieten, alle den früheren Herausgebern zugegangenen, nur zum Teil in den Nachträgen publizierten sowie die inzwischen angesammelten Informationen und Korrekturen nachzutragen. Ferner werden die von Peter de Mendelssohn vorgenommenen Auslassungen eingefügt. Die Neuedition der Tagebücher ist als Abschluss der *Großen kommentierten Frankfurter Ausgabe* ab 2010 vorgesehen.

Tagebücher	(1918–1921)	Tagebücher	(1944–1946)
Tagebücher	(1933–1934)	Tagebücher	(1946–1948)
Tagebücher	(1935–1936)	Tagebücher	(1949–1950)
Tagebücher	(1937–1939)	Tagebücher	(1951–1952)
Tagebücher	(1940–1943)	Tagebücher	(1953–1955)

ÜBER THOMAS MANN · ERINNERUNGEN UND GEDANKEN

ZUEIGNUNG

von Gottfried Bermann Fischer

[...]

Eine Welt des freien Geistes hatten wir uns aufgebaut. Als die bösen Gewalten mit harter Hand zugriffen, da stob sie auseinander. Draußen sammelte sich nur ein kleiner Kreis von Übriggebliebenen.

Was sie vereint hatte, war zerstört. Für die fremde Umwelt aber waren sie etwas fragwürdige Geister, mit dem Makel der Erfolglosigkeit behaftet. Die Fremde ist hart.

Da aber erhob sich eine Stimme, Thomas Manns Stimme. Und die Welt hörte. Was als eine Masse von entwurzelten Existenzen erschienen war, hatte plötzlich einen Namen und einen Ausdruck. Emigration, bis dahin ein etwas anrüchiger Begriff, hatte eine sichtbare, bewunderte, verehrungswürdige Repräsentation. Ein jeder konnte sich darauf berufen und war von einem Schimmer seiner Aura noch umstrahlt.

Gottfried B. Fischer

Brigitte B. Fischer

Wenn es heute eine Literatur in deutscher Sprache gibt, wenn heute noch eine Tradition existiert, welche die geistig-sittlichen Werte eines Deutschland, das einstmals der Welt etwas bedeutete, überliefert, so ist das Thomas Mann in hohem Grade zu danken, seinem Werk und seiner Haltung, seiner menschlich-sittlichen Existenz.

[…]

Das wahre Deutschland in einem höheren Sinne – das sind diejenigen, die für Freiheit und Recht ihr Land verlassen haben, die in den Konzentrationslagern elendig litten, die heute als Amerikaner oder unter englischer Flagge gegen »Deutschland« kämpfen. – Man müßte ein anderes Wort für den Begriff finden, der das repräsentiert, was einstmals der Welt das Wort Deutschland bedeutete – Goethe – Beethoven – und heute Thomas Mann.

Welches Glück für die Welt und für Deutschland, daß es ihn gibt.

[…]

Aus: *Die Neue Rundschau*, Sonderausgabe 6. Juni 1945, Seite 1–2.

»Aber Thomas Mann war nicht nur Deutschlands hervorragendster Romancier, nicht nur ein Genie der Sprache. Sein Werk ist größer als die Summe seiner Romane, Erzählungen und Essays.«

Marcel Reich-Ranicki

FEIERLICH BEWEGT

von Klaus Mann

Mit der amerikanischen Armee in Italien, Weihnachten 1944

Joseph, der Ernährer ist das einzige deutsche Buch im Gepäck eines amerikanischen Soldaten. Ich bin der amerikanische Soldat. Das Buch ist mir ein sehr tröstlicher und stärkender – in der Tat, ein väterlicher Freund gewesen in einer Zeit, da ich des Trostes und der Stärkung zuweilen recht bedürftig war. Ja, gerade unter den harten, unerfreulichen Bedingungen meines jetzigen kriegerischen Lebens hat sich mein Gemüt als besonders empfänglich und dankbar erwiesen für den Zuspruch dieses feierlichen Witzes und dieser geistvollen Frömmigkeit.

Es waren merkwürdige Umstände, unter denen ich mir die schöne Geschichte und kunstvolle Gotteserfindung zu Gemüte führte. Meistens las ich nachts, beim Licht eines Kerzenstummels, in einem eisigen Zelt, durch dessen Leinwanddach der italienische Winterregen sickerte. Das Buch begleitete mich auf meinen Fahrten durch das zerstörte Land. Ich hatte es bei mir, als ich im Speicher eines verödeten und zerschossenen italienischen Bauernhauses einquartiert war. Während ich mich an Josephs tiefsinnigen Schelmenstücken ergötzte, gingen in meiner ziemlich unmittelbaren Nähe die sonderbarsten und beunruhigendsten Dinge vor sich. Die schwere Artillerie – unsere sowohl als die feindliche – vollführte einen wahren Höllenlärm. Manchmal mußte ich meine Lektüre unterbrechen, um mich vor den Granaten in Sicherheit zu bringen. So stieg ich denn aus meinem Speicher in den Keller hinunter – mit dem Buch unterm Arm.

Ich ließ mich durch den Radau nicht in meinem Spaß und meiner Andacht stören. Wenn ich mich bei einer leichten Nervosität ertappte, so gedachte ich Mai-Sachmes, des ruhigen Amtsmannes über das Gefängnis, der – eher zu seinem Leidwesen – beim besten Willen nicht erschrecken konnte. Daraufhin fiel es mir leicht, meine eigene Schreckhaftigkeit beinah völlig zu überwinden, wie erschrecklich der Feind auch immer toben mochte.

Der Feind – das sind die Deutschen. Das Buch aber, in das ich so innig vertieft war, daß es mich sogar die Angst vor dem Feind vergessen ließ – dieses Buch ist in deutscher Sprache von einem Deutschen geschrieben. All dies ist entschieden wunderlich.

Tagsüber hatte ich oft mit deutschen Kriegsgefangenen zu tun. Was für ein Kauderwelsch redeten denn diese Burschen? War das deutsch? Es klang nicht wie die Sprache, die mein Vater mich zu sprechen und zu lieben lehrte. Würden diese Fallschirmjäger und SS-Männer für die archaisch-ironischen Finessen des *Joseph*-Stils irgendwelches Verständnis haben? Was für Gesichter sie wohl machen würden, wenn ich es mir einfallen ließe, ihnen ein paar Abschnitte aus dem biblischen Roman vorzutragen?

Indessen gab es unter meinen Kameraden einen, dem sehr daran gelegen schien, *Joseph* im deutschen Original zu studieren. Der junge Mensch, der sich den Band bei mir ausleihen wollte, war von Geburt ein Deutscher, hatte aber schon seit einer Reihe von Jahren in Amerika gelebt und sich dort völlig akklimatisiert. Er war besonders beliebt und angesehen bei seiner Einheit: ein tüchtiger Soldat und obendrein ein herzensguter Junge – hilfsbereit und lustig, begabt mit natürlichem Charme und anspruchsloser Anmut.

Eines Morgens beim Frühstück sagte ich zu ihm: »Du, übrigens, ich bin fertig mit dem dicken Buch, du kannst es haben.«

Er sagte: »That's well. Ich hole mir's abends ab.«

Damit trennten wir uns. Fünf Minuten später ging er über die Dorfstraße – gerade als das feindliche Feuer wieder einsetzte. Er wurde in den Rücken getroffen. Lange kann er nicht gelitten haben.

Ich will den Namen meines jungen Freundes hierher setzen. Er hieß Johnnie Löwenthal. Er war einer aus Josephs alter, leiderfahrener Familie.

Man sagt wohl, daß Menschen in kritischen Situationen die Zuverlässigkeit und Stärke ihres Charakters beweisen können. Das trifft auch auf Bücher zu. Ein Buch, das seine Gültigkeit und seine Anziehungskraft im Kanonenfeuer, inmitten von Tod und Zerstörung bewährt, muß von echter, kraftvoller Substanz sein. Es hat seine Feuerprobe bestanden.

Wenn ich mich der schlimmen Tage in dem beschossenen italienischen Dorf erinnere, ist es zuerst und vor allem *Joseph, der Ernährer*, der mir in den Sinn kommt. Die wüsten Gesichte des Krieges verblassen, werden unwahr und schattenhaft, während die Figuren der schönen Gotteserfindung an plastischer Wirklichkeit eindrucksvoll gewinnen. Seht, da sind sie wieder – sorgfältig ausgestattet mit ihren einmaligen und doch menschlich typischen

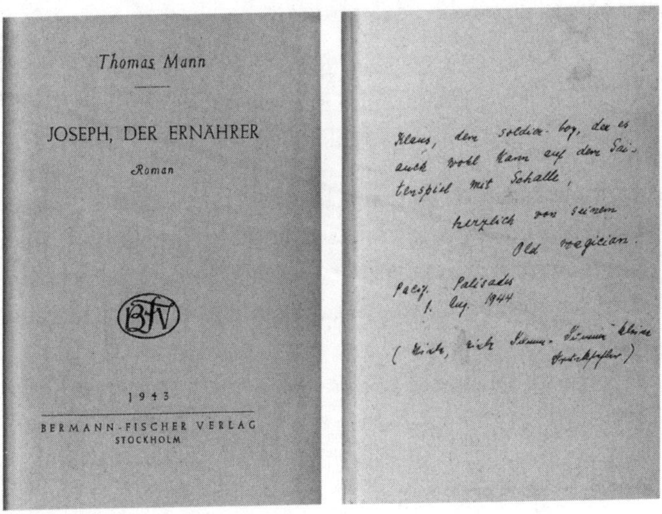

Widmung Thomas Manns für seinen Sohn Klaus

Eigenschaften! Da sind die alten Freunde: Joseph, der sich vom inspirierten Lamm aufs natürlichste und erfreulichste zum Obersten Schattenspender und Herrn des Brotes entwickelt; Jaakob, der Feierliche, der im Fortschreiten der Erzählung zusehends geschichtenreicher und erinnerungsschwerer wird, und Josephs Brüder, die auch nicht jünger werden, während die Geschichte, Sandkorn für Sandkorn, still und stetig durch die gläserne Enge läuft. Ja, und da sind die neuen Gesichter: Mai-Sachme, der gelassene Verwaltungsbeamte, Physikus und Literat; der oberste Bäcker und der oberste Mundschenk – zwei unvergeßliche Chargen, eigens zu dem Zwecke eingeführt, daß Joseph sein Wahrsagertalent erstmalig an ihnen bewähren möge; Amenhotep, der zärtliche und verzärtelte Gottsucher, der mit Joseph in der kretischen Laube das große Göttergespräch führt; Thamar, diese faszinierende Person, die sich mit verblüffender Entschlossenheit auf die Bahn zu bringen versteht, und Serach, die kindliche Musikantin, deren schlaue und holde Lied-Improvisation in meiner Erinnerung den Donner der schwerkalibrigen Geschütze übertönt. Immer höre ich ihre rührende Stimme:

Gott kann striemen und lindern.
Ach, wie wunderlich ist er mit seinem Tun
unter den Menschenkindern.

Ach, wie wunderlich ist er mit seinem Tun! ... Ja, auch mir ist wunderlich zu Mut. Ich bin tief und feierlich bewegt. Alles kommt mir etwas traumhaft vor – die Umgebung, in der ich diese Zeilen zu Papier bringe, und auch der Anlaß, für den ich schreibe.

[...]

Aus: *Die Neue Rundschau*, Sonderausgabe 6. Juni 1945, Seite 64–67.

ALS ICH THOMAS MANN ZUM ERSTEN MAL BEGEGNETE …

von Hedwig Fischer

Als ich Thomas Mann zum ersten Mal begegnete, war er noch ein ganz junger Mensch und ich eine sehr junge Frau, eben erst von meinem Mann, dem Verleger S. Fischer, in die literarische Welt eingeführt. Es war um 1900. Thomas Mann kam damals von München, zusammen mit Jakob Wassermann; beide waren gebeten worden, in der Berliner »Literarischen Gesellschaft« aus ihren Werken zu lesen. Der Andrang war so groß, daß die Vorlesung nicht weniger als dreizehnmal wiederholt wurde. Vierzehnmal mußten die beiden in kurzen Abständen dieselben Dinge vortragen. Sie stöhnten nicht wenig, aber es half ihnen nichts, und schließlich war ja diese schwere Probe auf ihre Geduld ein erfreuliches Zeichen des starken Interesses, das sie so früh gefunden hatten. Thomas Mann las seine Novelle *Tonio Kröger*. Ich entsinne mich noch heute des Entzückens, das namentlich die Figur der »süßen blonden Inge« weckte.

Ich zeigte den beiden jungen Schriftstellern bei diesem Besuch etwas von der Stadt Berlin, die sie noch nicht kannten. Sie waren, jeder in seiner Eigenart, ungewöhnlich angenehm und interessant, dabei grundverschiedene Naturen und Erscheinungen. Größere Gegensätze waren kaum denkbar. Thomas Mann herb, ein wenig verschlossen, mit der eleganten Sicherheit des Auftretens die »gute Kinderstube« seiner hanseatisch-patrizischen Herkunft verratend – daneben Wassermann, der Zigeuner, einer kleinen jüdischen Familie in Fürth entstammend, mit heißem Blut und mit blitzenden, schwarzen Augen. Erst viel später, als ich selbst etwas reifer und wissender geworden, erkannte ich, wieviel Temperament auch in Thomas Mann lebte, wie er aber seine innere Leidenschaft zu bändigen wußte, und wieviel Klugheit – die in höheren Jahren Weisheit wurde –, wieviel Menschen- und Lebenskenntnis hinter seiner scheinbaren Kühle steckten.

Tiefste Bewunderung erfüllte mich für sein erstes Hauptwerk, die *Buddenbrooks*, denen der junge Dichter die Geschichte seiner Familie und zugleich eine Schilderung weiter Schichten des deutschen Bürgertums jener Jahre zu Grunde legte. Mein Mann und ich hatten das umfangreiche Manuskript, das mit der Hand geschrieben, von Korrekturen wimmelnd, in unsere Hände kam, mit brennendem Interesse verschlungen. Wir hatten gelacht über all das Krause und Komische, das in der Erzählung zutage trat, über Toni Buddenbrook, die zuerst Frau Grünlich, dann Frau Permaneder wurde, aber immer das »Kind Toni« blieb. Wir waren erschüttert von der Gestalt des Thomas, seinem tragischen Tod und von der Figur seines frühreifen Sohnes Hanno und dem traurigen Ende der Familie. Sofort hatten wir das Gefühl, daß dies ein wahrhaft epochemachendes Werk sei, das einmal ein ganz großer Erfolg für den Autor und für den Verlag werden würde. Den ganzen Umfang dieses Erfolges, namentlich der späteren Volksausgabe – deren Erscheinen mit der Zuerteilung des Nobelpreises für den Dichter zusammenfiel –, konnten wir damals freilich noch nicht vorausahnen.

Was ich indessen an Thomas Mann stets am meisten verehrt und hochgeschätzt habe, war nicht nur sein Talent, sondern sein Charakter, seine Treue zu sich selbst und zu anderen. Man konnte auf ihn bauen in jeder Lebenslage, als Freund und als Mensch. Das ist eine große Seltenheit. Es war im tiefsten begründet, wenn man ihm den Ehrentitel eines »Praeceptor Germaniae« verlieh. Als der Hitler-Spuk ihn aus Deutschland vertrieb, wurde er es durch seine charaktervolle Haltung noch in weit stärkerem, beispielgebendem Maße. Es bleibt ihm für alle Zeit unvergessen, daß er sich zu den wenigen überragenden Männern schlug, die – wenn auch gewiß schweren Herzens – ihr Vaterland verließen und in die

Fremde gingen. Und dabei blieb es nicht. Im Ausland, wo er zuerst längere Zeit in der Schweiz, in Küsnacht, nahe dem Zürcher See, lebte und schließlich in Amerika, das ihm Schutz und Bürgerrecht gewährte, verstummte er nicht. Er nahm alle seine schöpferische Kraft zusammen und rundete sein größtes und machtvollstes Werk ab: die *Josephs*-Erzählung. Sie war anfänglich als kleine Novelle geplant, und mit Staunen und Ergriffenheit verfolgten seine Freunde, wie daraus das riesenhafte, in einem unvergleichlichen Farbenreichtum funkelnde Werk hervorwuchs. Mir sind alle vier Bände des *Joseph* gleich lieb, aber mein Herz hängt doch besonders an dem vierten Teil, dem Abschlußband [...]. Wie merkwürdig ist das: wir kennen den Ablauf der Geschichte von Kindheit an, und doch stehen wir im Bann einer ungeheuren Spannung bis zu dem Augenblick, da endlich die langerwartete Szene einsetzt, in der Joseph sich seinen Brüdern zu erkennen gibt und das »Ich bin es« von seinen Lippen kommt. Das ist für mich immer wieder überwältigend. Ich schlage die Stelle oft auf, und jedesmal packt mich mit einer Gewalt, als läse ich sie zum ersten Mal, tiefste Ergriffenheit, ja eine erlösende Überraschung. Ich sehe dann immer das

Samuel Fischer

Hedwig Fischer

Bild aus Gustave Dorés Bibelillustrationen vor mir, auf dem dargestellt ist, wie Joseph, auf erhöhtem Postament stehend, als ägyptischer Machthaber prunkvoll gekleidet, die Brüder empfängt, umarmt und zu sich emporzieht. Es ging mir seltsam: auch sonst mußte ich während der Lektüre des *Joseph* oft an diese Doréschen Holzschnitte denken, die ich schon im Hause meiner Großeltern kennen gelernt hatte. Besonders war es der Fall bei der Begegnung Jaakobs und Rahels am Brunnen. Gelegentlich sprach ich mit Thomas Mann davon, und es war für mich ein eigenartiges Gefühl, daß er erstaunt aufhorchend mir bekannte: auch ihm hatten während der langen Arbeit oft diese Bilddarstellungen vorgeschwebt, die er gleichfalls von früh an kannte.

Nie konnte ich die Schilderung von Rahels Tod am Wege vergessen, die eine Dichtung für sich bildet mit ihrer süßen, traurigen Melodie. Rahels Gestalt, ihre Hingabe, ihre weibliche Bereitschaft, gehören zu den holdesten Erfindungen von Thomas Mann. Und daneben ihr Widerspiel: die bezaubernde Figur der Madame Chauchat aus dem *Zauberberg*, mit ihren pikanten, schräg gestellten Augen. Mit unverwischbarer Eindringlichkeit hat sich jedem Leser das Bild eingeprägt, wie sie die Tür hinter sich zuschlägt, oder wie sie katzenartig ins Zimmer schleicht. Oh, wie gut verstehen wir, daß alle Männer in sie verliebt sein müssen, nicht nur der junge Hans Castorp aus der norddeutschen Handelsstadt, sondern auch der prächtige Mynheer Peeperkorn, eine von Manns köstlichsten Figuren. Um solcher Menschenexemplare willen allein müßte man ihn schon lieben und verehren.

Es ist ein beglückender Genuß zu sehen, wie Thomas Mann, an Themata von Weltbedeutung gewöhnt, auch aus einem unscheinbaren, winzigen Erlebnis eine Erzählung von solcher Süße schaffen konnte wie *Unordnung und frühes Leid*. Mit behutsamen Händen flocht er einen zierlichen Blütenkranz: die Kinder des

Samuel Fischer, 1909

schönen Münchener Hauses im Herzogpark, die Mutter, die »blaue Anna«, die bezaubernde Wiedergabe der Atmosphäre in der Zeit der Knappheit nach dem ersten Weltkrieg und des wunderlich-drolligen Jargons, in dem diese liebenswerten Menschen miteinander verkehren, nicht zu vergessen die ein wenig abgesonderte Persönlichkeit des »Herrn Papale«, wie Bibi Mann ihn in einem reizenden Gedicht von Erika zum fünfzigsten Geburtstag apostrophierte – bis zu der entzückenden Episode von Mädis erster Liebe.

Thomas Manns starke Beziehung zur Musik war mir immer fühlbar in seinem Werk wie in seiner Persönlichkeit. Obwohl er die Musik nicht selbst ausübt, hat er eine ganz außergewöhnliche, bis in Details gehende Kenntnis der Musik. Von seiner Verbundenheit mit der Musikwelt gibt seine auserlesene Plattensammlung Kunde. Die Nachtischkonzerte in seinem Haus in Kalifornien bleiben mir unvergeßlich. Früher konnte auch ich ihm manchmal eine musikalische Freude bereiten. Da in unserem Haus im Grunewald viele Musiker verkehrten, ließen sich leicht Kammermusikabende arrangieren, von denen mir besonders das Schubertsche *B Dur-Trio* im Gedächtnis geblieben ist, von drei jungen, später sehr erfolgreichen Musikern gespielt, dem Pianisten Franz Osborn, dem Cellisten Gregor Piatigorsky und dem früh verstorbenen Geiger Josef Wolfsthal. – Bei der Feier seines fünfzigsten Geburtstages im Rathaus zu München hatte ich das Festorchester veranlaßt, die Melodien zu spielen, mit denen sich im *Zauberberg* Hans Castorp nach der Abreise Madame Chauchats zu trösten versucht, Manns Lieblingsmelodien.

Ich habe die innige Überzeugung, daß Manns Schöpfungen, vor allem die *Buddenbrooks*, *Der Zauberberg* und *Joseph und seine Brüder* für alle Zukunft ihren Wert und ihre Geltung behalten werden. Sie werden dazu helfen, die Menschen, die edler Gedanken und Empfindungen fähig sind, zum Guten und Echten zu erziehen. Das ist mein fester Glaube. Wie es mir geht, wird es Unzähligen gehen: bis an mein Lebensende werde ich ihn verehren und preisen als den großen Menschenkenner, Menschendeuter und Künstler, der uns als ein Geschenk gegeben ward [...].

Aus: *Die Neue Rundschau*, Sonderausgabe 6. Juni 1945, Seite 78–81.

»›Welche Bücher lesen Sie zu Ihrem Vergnügen?‹ – ›Die Bücher, die in mir die stärksten Gefühle auslösen: Thomas Mann, Faulkner, Malcom Lowry‹.« *Michel Foucault*

NOTIZEN FÜR DAS ARCHIV

von Alfred A. Knopf

Ein Autor und sein Verleger machen einander keine öffentlichen Liebeserklärungen. Der Grad der Hochschätzung des ersteren für den anderen mag aus dem Auflagenvermerk seiner Bücher herausgelesen werden. Und was die Hochschätzung des letzteren für den ersteren betrifft – nun, auch daraus kann man schwerlich ein Geheimnis machen. Jedenfalls bin ich in meiner Propaganda für Thomas Mann niemals bescheiden gewesen und habe auch nie einen Augenblick an ihrer sachlichen Richtigkeit gezweifelt. Es ereignet sich meines Erachtens nicht oft, daß ein junger Verleger seinen Karren an einen Stern solcher Größe anhängen und all die Jahre lang angehängt bleiben kann. Thomas Mann zu verlegen war eines der großen und dankbaren Erlebnisse meines Lebens.

Übrigens dürften einige Notizen, die die Geschichte unserer Beziehungen blitzlichtartig beleuchten, die Neugierigen interessieren.

Ich lese Deutsch keineswegs mit Leichtigkeit; an die Prosa Thomas Manns wage ich mich gar nicht heran. Ich kann also nicht behaupten, daß ich ihn erst gelesen habe und daß dadurch in mir der Wunsch erwacht sei, ihn auf Englisch zu verlegen. Ich fürchte, ich folgte nur jenem merkwürdigen, sozusagen übersinnlichen Empfinden, das einen Verleger bisweilen leitet. Jedenfalls weiß ich, daß ich damals, als ich – im Jahre 1921 – mit meiner Frau die erste Auslandreise machte, um Bücher für unseren Verlag zu erwerben, von der Größe der *Buddenbrooks* überzeugt war und, allerdings ohne Erfolg, einen britischen Verleger suchte, der sich mit mir gemeinsam die Rechte sichern und eine geeignete englische Übersetzung besorgen sollte. Ich hatte schon während des Krieges von einem Londoner Verleger eine englische Rohauflage von

Königliche Hoheit gekauft, einem Verleger, der niemals ein zweites Buch Thomas Manns herausgebracht hatte, aber der Verkauf von fünfhundert Exemplaren interessierte niemanden. Merkwürdigerweise fiel es uns, obwohl wir auch in München waren, nicht ein, Thomas Mann aufzusuchen, und in Berlin gelang es uns nicht, an den Wachtposten von S. Fischer vorbeizukommen, geschweige denn ihn selbst zu sprechen. »Er ist hier wie ein Kaiser«, sagte man uns, und dabei blieb es. (Ich habe S. Fischer erst auf der Leipziger Büchermesse 1926 zu Gesicht bekommen.)

Erst fünf Jahre später kamen wir wieder nach Deutschland. Damals hatten die *Buddenbrooks* in den Vereinigten Staaten eine bescheidene Verkaufsziffer erreicht, und Mrs. Lowe war eben mit ihrer glänzenden Übersetzung des *Zauberberg* beschäftigt. Nun machten wir unseren ersten Besuch im Hause Poschingerstraße Nr. 1. Ich bezweifle, ob sich einer der Teilnehmer an jenem Frühstück an mehr erinnert, als daß es stattgefunden hat.

Im folgenden Jahr brachten wir mit einigem Applomb den *Zauberberg* heraus, und die Amerikaner lernten endlich einen großen Dichter kennen.

Im Jahre 1929, gerade nach dem Bekanntwerden der Zuteilung des Nobelpreises, kamen wir wieder nach München. Damals waren wir wirklich gute Freunde, und ich erinnere mich, von Tommy und einem seiner Kinder – ich glaube, es war Mädi – nach dem Kaffee im Garten ein paar Amateurfilme aufgenommen zu haben. Es war das letztemal, daß ich Manns in Deutschland gesehen habe.

[...]

Aus: *Die Neue Rundschau*, Sonderausgabe 6. Juni 1945, Seite 83–84.

[...] III. VON DER SITTLICHKEIT DES MANN'SCHEN WEGS UND WERKES

von Joachim Maass

Aber freilich wer, der diese Welt von einem Werke liebt, möchte versuchen, sie mit irgend *einem* Worte zu umreißen, und käm's auch von dem Schöpfer selbst? »Diese Welt von einem Werke« – ist nicht sogar dieser Ausdruck, der sich so natürlich anbietet, irreführend? Gewiß, es hat die Tiefe der Welt, nicht aber ihre Unübersichtlichkeit, keinerlei Chaotik, nichts von den verdiesten Dämmer-Horizonten Dostojewskij'scher Seelen-Steppenhaftigkeit, nichts von Balzac'scher Maßlosigkeit. Ein genau abgemessenes Gepäck für die Reise in die Unsterblichkeit: drei Epen und, nebst einigen Bänden brillanter Essayistik, eine Hand voll kürzerer Erzählungen, deren jede allerdings ein Ereignis war und ist und dem Hundert schönster Erzählungen deutscher Prosa zugehört. In ein paar Wochen kann man's lesen, die Titel bleiben bei einem, und das Ganze ließe sich bequem im Rahmen einer Doktor-Dissertation diskutieren, als schulbeispielhafte Repräsentation etwa für das Zeitalter des Relativismus – so wenig verwirrend ist es dem Umfang nach.

Mann selbst hat uns vom Genietum aus Schwäche gesprochen, in früheren Zeiten ist sein »Monomanentum«, seine Egozentrik oft kritisiert worden, und wirklich, wer wollte ernsthaft in Frage ziehen, daß Tonio Kröger, Aschenbach, Professor Cornelius, ja in äußerster Satirik sogar Felix Krull und in bescheidener Verkleidung auch Hans Castorp ein und dieselbe Gestalt sind und ihr Urbild das gleiche, nämlich das ihres Schöpfers ist? So liegt es nicht in dem weltfülligen Gigantentum Goethes oder Shakespeares und nicht in der weltspiegelnden Epik Homers oder des Gilgamesch-Dichters.

Kein Zweifel, Thomas Mann, nachdem er mit den *Buddenbrooks* sich und den Zeitgenossen seiner Jugend erwiesen hatte, daß er's mit der Tradition des üblichen Romans gar wohl und über allen Durchschnitt hinaus aufnehmen könnte, begann seine wirkliche Welteroberung mit einem langdauernden Abstieg in die Abgründe und Fragwürdigkeiten der eigenen Persönlichkeit. Er selbst auch, aufs amüsanteste reduziert, und doch mit seiner Art Temperament und seiner nahezu unheimlichen Geduld im Denken, saß die bescheiden auf sieben angegebenen Jahre (es sind Märchenjahre) auf dem *Zauberberg* und ließ an sich, dem »einfachen, wenn auch ansprechenden jungen Menschen« die Problematik seines Zeitalters Revue passieren – »wobei zu Hans Castorps Gunsten denn doch erinnert werden sollte, daß es *seine* Geschichte ist und daß nicht jedem jede Geschichte passiert«. Als er aber, aus der Verzauberung erlöst, die Augen aufschlug, da war es wirklich die ganze Welt, unbegrenzt auch in der Zeit, was vor ihm lag und in der mächtigen *Joseph*-Tetralogie Geschichte und Gedicht ward.

[...]

Aus: *Die Neue Rundschau*, Sonderausgabe 6. Juni 1945, Seite 107 – 108.

»Man kann, was man will, von Mann nehmen, es ist alles auf verblüffende Weise leicht, also frei von Langeweile und gedankenreich, folglich auch amüsant.« *Jurek Becker*

KANON

von Arnold Schönberg

Aus: Die Neue Rundschau, Sonderausgabe 6. Juni 1945, Seite 164.

ZU EINEM PORTRÄT THOMAS MANNS

von Theodor W. Adorno

Hermann Hesse zum 2. Juli 1962 in herzlicher Verehrung

Der Anlaß einer dokumentarischen Ausstellung, in der nur sehr mittelbar, und nur dem, der ihn bereits kennt, etwas vom Geist des Gefeierten erscheinen kann, rechtfertigt vielleicht, daß ich ein paar private Worte über ihn sage und nicht von dem Werk rede, dessen Instrument sein Leben war. Aber ich möchte nicht, wie manche wohl erwarten, Erinnerungen an Thomas Mann vortragen. Selbst wenn ich die Scheu überwinde, aus dem Glück des persönlichen Umgangs ein Eigentum zu machen und, sei's auch unfreiwillig, ein Quentchen seines Prestiges dem eigenen zuzuleiten, wäre es sicherlich noch zu früh, solche Erinnerungen zu formulieren. Ich beschränke mich also darauf, aus meiner Erfahrung einigen Vorurteilen entgegenzuarbeiten, die hartnäckig die Person des Dichters belästigen. Sie sind nicht gleichgültig gegenüber der Gestalt des Werkes, auf das sie automatisch fast sich übertragen: sie verdunkeln es, indem sie helfen, es auf Formeln abzuziehen. Ich nenne die verbreitetste, die vom Konflikt des Bürgers mit dem Künstler in Thomas Mann, der offenkundigen Erbschaft der Nietzscheschen Antithese von Leben und Geist. Mann hat, ausdrücklich und unausdrücklich, die eigene Existenz dazu benutzt, jenen Gegensatz zu demonstrieren. Viel von dem, was an seinem Werk Intention ist, von Tonio Kröger, Tristan und dem Tod in Venedig bis zu dem Musiker Leverkühn, der nicht lieben darf, um sein Werk zu vollbringen, richtet sich nach jenem Modell. Damit aber auch nach einem Cliché von der Privatperson, die zu verstehen gibt, daß sie so es wollte und selber dem glich, was sie an Idee und Konflikt in den Romanen und Erzählungen austrug. So streng auch das œuvre Thomas Manns, durch seine Sprachgestalt, des Ursprungs im Individuum sich entäußerte, beamtete und nicht beamtete Oberlehrer tun sich daran gütlich, weil es sie ermuntert, als Gehalt herauszuholen, was zuvor die Person hineinsteckte. Dies Verfahren ist zwar wenig produktiv, aber keiner hat dabei groß zu denken, und es versetzt noch den Stumpfsinn auf philologisch sicheren Boden, denn, wie es im Figaro heißt, der ist der Vater, er sagt es ja selbst. Statt dessen jedoch, meine ich, beginnt der Gehalt eines Kunstwerks genau dort, wo die Intention des Autors aufhört; sie erlischt im Gehalt. Die Beschreibung der kalten Funkenschwärme der Münchener Trambahn, oder des Stotterns von Kretzschmar – »so etwas können wir«, wehrte einmal der Dichter ein Kompliment ab, das ich ihm deswegen machte – dürfte alle offizielle Künstlermetaphysik seiner Texte, alle Verneinung des Willens zum Leben darin, selbst den in fetten Lettern gedruckten Satz aus dem Schneekapitel des Zauberbergs aufwiegen. Das Verständnis Thomas Manns: die wahre Entfaltung seines Werkes wird erst anfangen, sobald man um das sich kümmert, was nicht im Baedeker steht. Nicht daß ich wähnte, verhindern zu können, daß unermüdlich weiter Dissertationen über den Einfluß von Schopenhauer und Nietzsche, über die Rolle der Musik, oder über das den Fakultäten unterbreitet werden, was man wohl im Seminar als Problem des Todes behandelt. Aber ich möchte doch einiges Unbehagen an all dem erregen. Besser, dreimal das Gedichtete sich anzuschauen als immer mal wieder das Symbolisierte. Dazu soll der Hinweis helfen, wie sehr der Dichter abwich von dem Selbstporträt, das seine Prosa suggeriert.

Denn daß sie es suggeriert, daran ist kein Zweifel. Um so begründeter aber der, ob er auch so war; ob nicht gerade diese Suggestion einer Strategie entsprang, die er an der Goetheschen eingeübt haben mochte, übers eigene Nachleben zu gebieten. Nur kam es ihm vermutlich weniger aufs Nachleben an als darauf, wie er den Zeitgenossen erschien. Der Autor des Joseph war nicht so mythisch, hatte auch zuviel von skeptischer Humanität, als daß er der Zukunft seine imago hätte aufzwingen wollen: gelassen, stolz zugleich und unprätentiös, hätte er sich ihr anheimgegeben; und von der Weltgeschichte als Weltgericht wäre der nicht so überzeugt gewesen, der im ›Erwählten‹ über die Haupt- und Nebenfiguren historischer Staatsaktionen Worte fand, wie sie nicht schlecht zwischen zwei Buchdeckeln von Anatole France stünden. Wohl aber hat er sich als public figure, also vor den Zeitgenossen, verstellt, und erst einmal wäre die Verstellung zu begreifen. Die Mannsche Ironie diente sicherlich nicht zuletzt dazu, Verstellung zugleich zu praktizieren und durchs sprachliche Einbekenntnis wiederum aufzuheben. Kaum waren ihre Motive bloß privat, und an einem Menschen, an dem man sehr hängt, mag man nicht seinen psychologischen Scharfsinn billig wetzen. Gewiß jedoch verlohnte es sich, einmal die Masken des Genius in der neuen Literatur zu beschreiben und dem nachzugehen, warum die Autoren sie anlegten. Dabei stieße man wohl darauf, daß die Haltung des Genialischen, die gegen Ende des achtzehnten Jahrhunderts spontan aufkam, rasch gesellschaftlich honoriert und damit allmählich zu einem Muster wurde, dessen Stereotypie die Spontaneität Lügen strafte, die es unterstreichen sollte. Im hohen neunzehnten Jahrhundert trug man das Genie als Kostüm. Rembrandtkopf, Samt und Barett, kurz der Archetyp des Künstlers verwandelten sich in ein verinnerlichtes Stück von dessen Mobiliar. Das wird Thomas Mann an Wagner nicht übersehen haben, den er liebte mit empfindlicher Liebe. Scham über die Selbstsetzung des Künstlers, des Genies, als das er sich drapiert, nötigt den Künstler, der eines Rests von Draperie nie ganz ledig wird, so gut es geht sich zu verstecken. Weil der Genius zur Maske geworden ist, muß der Genius sich maskieren. Er darf um nichts in der Welt als solcher auftrumpfen und tun, als wäre er, der Meister, jenes metaphysischen Sinnes mächtig, der in der Substanz der Zeit nicht gegenwärtig ist. Deshalb hat Marcel Proust, gegen den Thomas Mann eher sich sträubte, den Operettendandy mit Zylinder und Spazierstock gespielt und Kafka den mittleren Versicherungsangestellten, dem nichts so wichtig ist wie das Wohlwollen des Vorgesetzten. Dieser Impuls lebte auch in Thomas Mann: als einer zum Unauffälligen. Er, wie sein Bruder Heinrich, war Schüler der großen französischen Desillusionsromane; das Geheimnis seiner Verstellung war Sachlichkeit.

Masken sind auswechselbar, und der Vielfältige hatte mehr als eine. Die bekannteste ist die des Hanseaten, des kühlen und distanzierten Lübecker Senatorensohns. Ist schon die Vorstellung vom Bürger der drei freien Reichsstädte selber abermals ein Cliché, dem wenige dort Geborene sich fügen dürften, dann hat Thomas Mann zwar mit Einzelschilderungen aus den Buddenbrooks ihm willfahrt und ist bei öffentlichen Anlässen gesetzt aufgetreten. Die Privatperson jedoch habe ich keine Sekunde lang steif gesehen, es sei denn, man verwechselte seine Begabung zum druckfertigen Sprechen und seine Freude daran, die er mit Benjamin teilte, mit würdigem Gehabe. Nach deutscher Sitte, im Bann des Aberglaubens an die pure Unmittelbarkeit, hat man seinen Sinn für Formen, der mit dem künstlerischen Wesen eins ist, als Kälte und mangelnde Ergriffenheit ihm angekreidet. Im Verhalten war er eher lässig, ohne alle Würde der Respektsperson, durchaus das, was er war und was er in seiner Reife verteidigte, ein Literat, beweglich, Eindrücken aufgeschlossen und begierig danach, gesprächig und gesellig. Zur Exklusivität neigte er weit weniger, als bei dem Berühmten und Umdrängten, der seine Arbeitskraft zu verteidigen hatte, zu erwarten gewesen wäre. Er begnügte sich mit einer Zeitordnung, die dem Primat des Schreibens unterstand und lange Nachmittagsruhe gewährte, war aber sonst weder schwer zu haben noch zimperlich im Umgang. Für gesellschaftliche Hierarchie, für Nuancen des Mondänen fehlte ihm jeder Sinn.

Nicht bloß war er, sei's als Arrivierter, sei's aus frühkindlicher Sicherheit, darüber erhaben, sondern der Interessenrichtung nach indifferent dagegen, als wäre die Erfahrung von all dem gar nicht in ihn eingedrungen. Ihm und Frau Katja bereiteten etwa die Kapriolen Rudolf Borchardts, welche dieser für weltmännisch hielt, selbst die aristokratischen Neigungen Hofmannsthals ungetrübtes Vergnügen. Saß etwas tief bei ihm, dann das Bewußtsein davon, daß die Rangordnung des Geistes, falls so etwas existiert, unvereinbar ist mit der des äußeren Lebens. Nicht einmal mit Schriftstellern indessen nahm er es gar zu genau. In der Emigration jedenfalls duldete er solche um sich, die ihm kaum mehr boten als ihren guten Willen, auch Kleinintellektuelle, ohne daß diese je hätten fühlen müssen, daß sie es waren. Der Grund solcher Gleichgültigkeit unterschied ihn sehr von anderen zeitgenössischen Romanciers. Er war überhaupt kein Erzähler von breiter bürgerlicher Welterfahrung, sondern zurückgezogen auf den eigenen Umkreis. Sehr deutsch schöpfte er die gegenständliche Fülle aus derselben Phantasie wie die Namen seiner Figuren; wenig kümmerte ihn, was man angelsächsisch the ways of the world nennt. Damit mag zusammenhängen, daß von einem gewissen Zeitpunkt an – die Zäsur ist der Tod in Venedig – Ideen und ihre Schicksale in seinen Romanen mit zweiter Sinnlichkeit den Platz empirischer Menschen okkupieren; das hat dann wiederum der Clichébildung Vorschub geleistet. Wie wenig eine solche Komplexion der des Handelsherrn gleicht, leuchtet ein.

Präsentiert er trotzdem vielen sich so, als wäre der Bürger zumindest die eine Seele in seiner Brust gewesen, so stellte er wohl ein Element seines Wesens, das seinem Willen widerstand, in den Dienst der Illusion, die er koboldhaft zu erwecken trachtete. Das war der Geist der Schwere, verschwistert der Melancholie, ein Brütendes, sich Versenkendes. Er hatte keine rechte Lust, im Leben so ganz mitzutun. Entscheidungen waren ihm wenig sympathisch,

Theodor W. Adorno

der Praxis mißtraute er nicht nur als Politik sondern als jeglichem Engagement; nichts an ihm paßte zu dem, was kernige Banausen sich unter einem existentiellen Menschen vorstellen. Bei aller Stärke seines Ichs hatte dessen Identität nicht das letzte Wort: nicht umsonst schrieb er zwei voneinander höchst abweichende Handschriften, die freilich dann doch wieder eine waren. Der Artistengestus des sich draußen Haltens, die Schonung, die er sich als seinem Instrument angedeihen ließ, ist eilfertig der obligaten Reserviertheit des Großkaufmanns zugeschlagen worden. Manchmal mochte ihn, in Gesellschaften, die ihn keineswegs langweilten, der Geist der Schwere bis zur Schicht wachen Schlafens geleiten. Dann konnte er glasig wirken; er selbst hat einmal, in der ›Königlichen Hoheit‹, von den Absencen einer Figur gesprochen. Aber gerade solche Viertelstunden bereiteten vor, daß er die Maske wegwarf. Hätte ich zu sagen, was mir an ihm das Charakteristischeste dünkte, ich müßte wohl den Gestus des jäh überraschenden Auffahrens zitieren, der dann von ihm zu gewärtigen war. Seine Augen waren blau oder graublau, in den Momenten aber, in denen er seiner selbst innewurde, blitzten sie schwarz und brasilianisch, als hätte in der Versunkenheit vorher geschwelt, was darauf wartete, zu entflammen; als hätte in der Schwere ein Stoffliches sich gesammelt, das er nun ergriff, um daran seine Kraft zu messen. Unbürgerlich war der Rhythmus seines Lebensgefühls: nicht Kontinuität sondern der Wechsel von Extremen, von Starre und Illumination. Freunde von mittlerer Wärme, von alter oder neuer Geborgenheit mochte das irritieren. Denn in diesem Rhythmus, dessen einer Zustand den anderen verneinte, kam die Doppelbödigkeit seines Naturells zutage. Kaum kann ich mich auf eine Äußerung von ihm besinnen, der dies Doppelbödige nicht gesellt gewesen wäre. Alles, was er sagte, klang, wie wenn es einen geheimen Hintersinn mit sich führte, den zu erraten er dem anderen mit einiger Teufelei überließ, weit über den Habitus von Ironie hinaus.

Daß einen Mann dieser Art der Mythos der Eitelkeit verfolgte, ist zwar für seine Mitwelt beschämend, aber begreiflich: die Reaktion solcher, die nichts sein wollen, als was sie nun einmal sind. Man mag mir glauben, daß er so uneitel gewesen ist, wie er der Würde entbehrte. Vielleicht kann man es am einfachsten so ausdrücken, daß er im Umgang nie daran dachte, Thomas Mann zu sein; was den Verkehr mit Zelebritäten erschwert, ist meist ja nichts anderes, als daß sie ihre vergegenständlichte öffentliche Geltung auf sich selbst, ihr unmittelbares Dasein zurückprojizieren. Bei ihm aber überwog das Interesse an der Sache so sehr die Person, daß es diese gänzlich freiließ. Jene Projektion hat nicht er vollzogen, sondern die öffentliche Meinung, die falsch vom Werk auf den Autor schloß. Wahrhaft falsch. Denn was sie am Werk als Spur von Eitelkeit lesen, ist das untilgbare Mal der Anstrengung zu seiner Vollkommenheit. Zu verteidigen ist er wider die abscheuliche deutsche Bereitschaft, die Passion für das Gebilde und seine integre Gestalt dem Geltungsdrang gleichzusetzen; wider das Ethos der Kunstfremdheit, das gegen die Zumutung einer stimmig durchgebildeten Sache als unmenschliches l'art pour l'art aufmuckt. Weil die Sache die eines Autors ist, soll es dessen Eitelkeit sein, wenn er sie möglichst gut machen will; nur anachronistisch biedere Handwerker mit ledernen Schürzen und großer Weltchronik sind vor solchem Verdacht gefeit. Als ob das Werk, das gelingt, noch das seines Autors wäre; als ob nicht sein Gelingen darin bestünde, daß es von ihm sich löst, daß durch ihn hindurch ein Objektives sich realisiert, daß er darin verschwindet. Da ich nun einmal Thomas Mann bei der Arbeit kannte, darf ich bezeugen, daß nicht die leiseste narzißtische Regung zwischen ihn und seine Sache sich drängte. Mit keinem hätte die Arbeit einfacher, freier von allen Komplikationen und Konflikten sein können; es bedurfte keiner Vorsicht, keiner Taktik, keines tastenden Rituals. Niemals hat der Nobelpreisträger sei's auch noch so diskret auf seinen Ruhm gepocht oder mich die Differenz des öffentlichen Ansehens fühlen lassen. Wahrscheinlich war es nicht einmal Takt oder humane Rücksicht; es kam gar nicht erst zum Gedanken an die Privatpersonen. Die Fiktion von Adrian Leverkühns Musik, die Aufgabe, sie zu beschreiben, als wäre sie wirklich vorhanden, gewährte dem, was jemand einmal die psychologische Pest nannte, keinerlei Nahrung. Dabei hätte seine Eitelkeit Anlaß und Gelegenheit genug gehabt, sich zu zeigen, wenn sie existiert hätte. Der Schriftsteller müßte noch geboren werden, der nicht Formulierungen, an denen er weiß Gott wie lange geschliffen hat, libidinös besetzte und Angriffe darauf primär als gegen ihn gerichtet abwehrte. Ich aber war selber viel zu vertiert in der Sache, hatte mir Leverkühns Kompositionen viel zu genau ausgedacht, als daß ich in der Diskussion viel Rücksicht genommen hätte. Nachdem es mir gelungen war, dem Dichter abzuhandeln, daß wenigstens Leverkühn, wenn er schon wahnsinnig wird, das Faust-Oratorium zu Ende schreiben darf – bei Mann war es ursprünglich als Fragment geplant –, stellte sich die Frage nach dem Schluß, dem instrumentalen Nachspiel, in das unmerklich der Chorsatz übergeht. Wir hatten sie lange erwogen; eines schönen Nachmittags las mir der Dichter den Text vor. Ich rebellierte wohl ein wenig ungebührlich. Gegenüber der Gesamtanlage von Doktor Fausti Weheklag nicht nur sondern des ganzen Romans fand ich die höchst belasteten Seiten zu positiv, zu ungebrochen theologisch. Ihnen schien abzugehen, was in der entscheidenden Passage gefordert war, die Gewalt bestimmter Negation als der einzig erlaubten Chiffre des Anderen. Thomas Mann war nicht verstimmt, aber doch etwas traurig, und ich hatte Reue. Am übernächsten Tag rief Frau Katja an und bat uns zum Nachtmahl. Danach schleppte der Dichter uns in seine Höhle und las, offensichtlich gespannt, den neuen Schluß vor, den er unterdessen geschrieben hatte. Wir konnten unsere Ergriffenheit nicht verbergen, und ich glaube, sie hat ihn gefreut. Den Affekten der Freude und des Schmerzes war er fast schutzlos ausgeliefert, ungepanzert, wie nie ein Eitler es wäre. Allergisch war zumal sein Verhältnis zu Deutschland. Er konnte es sich über alles Maß zu Herzen nehmen, wenn einer ihn einen Nihilisten schalt; seine Sensibilität erstreckte sich bis ins Moralische; sein Gewissen in geistigen Dingen reagierte so fein, daß noch der plumpeste und törichteste Angriff ihn zu erschüttern vermochte.

Die Rede von Thomas Manns Eitelkeit mißdeutet gänzlich das Phänomen, auf das sie sich stürzt. Unnuancierte Wahrnehmung verbindet sie mit unnuanciertem sprachlichen Ausdruck. So uneitel er war, so kokett war er dafür. Das Tabu, das über dieser Eigenschaft bei Männern liegt, hat wohl verhindert, sie und ihr Hinreißendes an ihm zu erkennen. Es war, als hätte die Sehnsucht nach Applaus, die selbst vom vergeistigten Kunstwerk nicht ganz weggedacht werden kann, die Person affiziert, die so sehr zum Werk sich entäußert hatte, daß sie mit sich spielte wie der Prosateur mit seinen Sätzen. Etwas in der Anmut der Form auch des spirituellen Kunstwerks ist der verwandt, mit der der Schauspieler sich verbeugt. Er wollte reizen und gefallen. Es ergötzte ihn, gewisse zeitgenössische Komponisten gemäßigten Genres, von denen er wußte, daß ich sie nicht eben hoch schätzte, und von denen auch er im Ernst kaum viel hielt, mit Mordent zu bewundern, die Irrationalität seines eigenen Verhaltens zu pointieren; auch die offiziellen Dirigenten Toscanini und Walter, die schwerlich Leverkühn aufgeführt hätten, wurden da herangezogen. Selten tat er des Josephromans Erwähnung, ohne hinzuzufügen: »den Sie ja, wie ich weiß, nicht gelesen haben, Herr Adorno«. Welche Frau hätte noch, unentstellt von Ziererei oder Nüchternheit, die Koketterie, die der bald Siebzigjährige, höchst Disziplinierte sich hinüberrettete, wenn er vom Schreibtisch aufstand. In seinem Arbeitszimmer hing eine entzückende Jugendphotographie seiner

Tochter Erika, die ihm physiognomisch ähnelt, im Pierrotkostüm. Im Nachbild der Erinnerung gewinnt sein eigenes Gesicht etwas Pierrothaftes. Seine Koketterie war wohl nichts anderes als ein Stück unverstümmelten und unbezwinglichen mimetischen Vermögens.

Aber man darf ihn danach beileibe nicht als Pierrot Lunaire, als Figur aus dem fin de siècle sich ausmalen. Das Cliché des Dekadenten ist komplementär zu dem des Bürgers, so wie es ja, wie bekannt, Bohème nur so lange gab wie solides Bürgertum. Vom Jugendstil hatte er so wenig wie vom Ehrengreis; der Tristan der Novelle ist komisch. »Laß den Tag dem Tode weichen« war ihm kein Imperativ. Nach dem Tod noch griff sein unbändiger Spieltrieb, der von nichts sich einschüchtern ließ. In dem letzten Brief, den ich von ihm erhielt, in Sils-Maria, wenige Tage ehe er starb, hat er wie mit seinem Leiden mit dem Tod selbst, über dessen Möglichkeit er sich kaum täuschte, in Rastellischer Freiheit jongliert. Wenn seine Schriften ihre Mitte im Tod zu haben scheinen, so ist daran kaum die Todessehnsucht schuld, kaum auch nur besondere Affinität zum Verfall, sondern insgeheim List und Aberglaube: das stets Angerufene und Beredete eben dadurch fortzuhalten und zu bannen. Dem Tod, dem blinden Naturzusammenhang hat sein Ingenium widerstanden wie sein Körper. Die Manen des Dichters mögen es mir verzeihen, aber er war kerngesund. Ich weiß nicht, ob er in jungen Jahren jemals krank war, aber nur eine eiserne Physis konnte die Operation überdauern, deren euphemistische Chronik der Roman eines Romans enthält. Noch die Arteriosklerose, der er erlag, ließ seinen Geist unberührt, als hätte sie keine Macht über ihn. Was sein Werk veranlaßte, die Komplizität mit dem Tod zu betonen, die man ihm gar zu gern geglaubt hat, war am Ende wohl etwas von der Ahnung der Schuld darin, daß man überhaupt ist, gleichsam ein Anderes, Mögliches um die eigene Wirklichkeit bringt, indem man seinen Platz einnimmt; er brauchte nicht erst Schopenhauer, um das zu erfahren. Wollte er den Tod überlisten, so hielt er zugleich Kompanie mit ihm aus dem Gefühl, daß es keine Versöhnung des Lebendigen gibt als Ergebung: nicht Resignation. In der Welt des selbstherrlichen und sich in sich selbst befestigenden Menschen wäre das Bessere allein, die Klammer der Identität zu lockern und nicht sich zu verhärten. Was man Thomas Mann als Dekadenz vorhält, war ihr Gegenteil, die Kraft der Natur zum Eingedenken ihrer selbst als hinfälliger. Nichts anderes aber heißt Humanität.

ROMAN UND REALITÄT

von Dieter Forte

Der helle Ton des silbernen Eierbechers verklingt leise und ungehört über dem Landwassertal. Die Davoser Sonne bricht sich funkelnd in dem kunstvoll verzierten Becher mit dem eingravierten Namen *Waldhaus* – der Name einer vergangenen Zeit. Auf dem Balkon des Zauberbergs ein Davoser Stuhl, in der Decke ebenfalls der Name *Waldhaus*. So gegen die ewige Davoser Kälte geschützt, blickt man weit über die Stadt auf ihre Berge. Das langgestreckte Landwassertal, gegenüber Jakobshorn und Brämabüel, Flüelatal und Dischmatal mit seinem tief herabführenden Gletscher, der die Luft auch im Hochsommer abkühlt, in der Ferne Tinzenhorn und Piz Ela mit ihren Granitspitzen, davor die zahlreichen, immer noch bewaldeten Berghänge, die sich wie eine Theaterkulisse links und rechts ins gefällige Bild schieben.

Man sieht auf das Haus, in dem Thomas Mann wohnte, als er seine Frau besuchte. Über die Wiesen laufen Menschengruppen auf seinen Spuren, suchen die Wege, die er doch nie begangen hat. Die Professoren des Zauberberg-Symposiums stehen früh auf und reihen Vorlesung an Vorlesung, Seminar an Seminar über die vielen Gedanken zum Thema Krankheit im Zauberberg. Ein chinesisches Restaurant nennt sich Zauberberg, ein neues Managerhotel nennt sich Zauberberg, auch das Waldhotel Bellevue gibt nun nach jahrelangem Leugnen zu, daß es einmal ein Lungensanatorium war, in dem Katja Mann für kurze Zeit lag, Lungenspitzenkatarrh, so die Diagnose. Es hat die große Tafel »Der desinfizierte Zauberberg« abgehängt, hat sogar ein Krankenzimmer wieder hergerichtet, eine winzige Zelle, schaudernd geht man daran vorbei, bevor man im Speisesaal das Zauberberg-Menü zu sich nimmt. Auch die Japaner, die jeden Tag freundlich hereinschauen und fragen: »Zauberberg?« werden nicht mehr mit einem barschen Nein weggewiesen, das war vor einigen Jahren noch anders, da hat man an der Rezeption verkündet, wer diesen Roman liest, wird krank. Inzwischen scheint man daran zu gesunden, man hat ausgebaut, ein geheiztes Solebad mit Whirl-Pool und Masseuren steht zur Verfügung, Wellness ist angesagt. Die Bibliothek des Hauses besteht fast nur aus dem Roman *Der Zauberberg* in verschiedenen Auflagen und vielfarbigen, leicht eingerissenen Umschlägen, in der Halle sitzen ältere Damen und Herren, Deutschlehrerinnen und Lehrer, Thomas-Mann-Fans aus aller Welt und lesen verzaubert an diesem heiligen Ort im Zauberberg.

Mit Kompaß, Höhenmesser und Landkarten bewaffnete Kulturwanderer stellen enttäuscht fest: das im Zauberberg beschriebene Tal sieht in der Realität nicht so aus wie im Roman, die Nebentäler befinden sich in anderen Himmelsrichtungen, das Sanatorium steht am falschen Platz, auch die Schatzalp ist nicht der Zauberberg, wie einige glaubten, und so stellt sich heraus, daß der Zauberberg zwar der Zauberberg ist, nun Waldhotel Bellevue, aber doch nicht der Zauberberg des Romans. Zudem beginnt der Roman 1907, das Waldsanatorium wurde aber erst 1911 eröffnet. Vom Bahnhof aus fährt Hans Castorp eindeutig einen falschen Weg zu einem anderen, leider schon abgerissenen Sanatorium. Auch mit den Bergen ist offensichtlich einiges unklar. An Ort und Stelle löst sich der Roman in Verwirrung auf, was ist denn hier richtig, was ist falsch, und man darf den verwunderten Satz hören: »*Der Zauberberg* stimmt nicht.« So ist das mit den Romanen und der von uns so genau gesehenen und abgemessenen Wirklichkeit. Jeder Autor kennt diese Reaktionen von seinen Lesern.

Auch die früheren Sanatoriums- und jetzigen Hotelinhaber trauern dem alten Inventar nach, allein die Nachtgeschirre – sie wurden zerschlagen und in die Baugrube geworfen, um das Hotel darauf zu erweitern – erbrächten heute als Rarität eine fantastische Frankensumme. So kann es einem ergehen, wenn man die

Literatur geringschätzt. Und der Eierbecher steht daher nun in einer Glasvitrine und kann besichtigt werden. Der Roman und der Ort. Klagen wollten die Chefärzte der Sanatorien, obwohl sie doch als reale Person gar nicht gemeint waren, eher liebevolle Figuren eines Romans wurden. Verleumdet fühlte sich Davos als Krankenort, der in der literarischen Verwandlungskunst Thomas Manns ja nur als Dekor erscheint, die Landschaft als Symbol, in der Sprache Thomas Manns, der einen Ort, ein Geschehen, in eine Handlung verwandelt, deren erzählerischer Gestus so unübersehbar ist.

›Krankheit als Metapher‹, Susan Sontag hat mit diesem Titel einen klugen Essay geschrieben, und hier finden wir vielleicht auch die Antwort auf die Frage nach dem nun schon fast unendlichen Weiterwirken des Romans. Als die Veranstalter für das nächste Zauberberg-Symposium einen anderen Aspekt dieses wahrhaft vielfältigen Romans vorschlugen, bestanden die Ärzte, die dieses Symposium gegründet haben, darauf, weiterhin über Krankheitsdarstellung im Zauberberg zu reden. Man tut Thomas Mann damit ein bißchen unrecht. Das Meisterwerk und seine formvollendete, zeitverschiebende, ironische Weltdeutung ist größer.

Aber es ist wohl diese literarische Ebene, die es erlaubt, über Krankheit in einer erhebenden, sinnstiftenden Form zu diskutieren, denn die Realität in einem Tuberkulosesanatorium sah anders aus. Tuberkulose war damals ein Todesurteil, und in den Sanatorien herrschte ein langsames, grausames, gnadenloses Sterben. Jahrelanges Zubettliegen in kleinen Zimmern, da war nicht Leben und Lachen und Festesfreude, da war quälende Krankheit, da war Tod. So hat der Schreiber dieser Zeilen es erlebt, in einem Lungensanatorium den Zauberberg lesend und somit Literatur auf sehr eigene Art erfahrend. Als eine sprachverwandelte Metapher der Wirklichkeit, die das sinnlose Leben in die Überschaubarkeit einiger Seiten bringt, so daß man zumindest während der Zeit der Lektüre in einem sinnvollen Verhältnis zur Welt steht.

Die Wirklichkeit und der Roman, die Welt und die Sprache, am Schauplatz des Romans ist die Irritation groß. Der Kompaß und der Höhenmesser haben endgültig ausgedient, die Landkarten sind wegzulegen, die Orientierung ist auf eine andere Art zu suchen. Der Zauberberg erhebt sich über seine Vorlage. So gesehen handeln die, die in der Hotelhalle den Zauberberg lesen, gar nicht so falsch, die reale Ordnung wird durch eine fiktive Sprachwelt zu einer durchscheinenden Wirklichkeit, nicht der schlechteste Zustand, Literatur und Welt zu erfahren. Die sich verändernde Realität dieser Welt, der wir im Augenblick unseres zupackenden, festhaltenden Lebens doch nie habhaft werden, die uns immer entgleitet und in der vergehenden Zeit erschöpft, zusammen mit dem sich erinnernden, berichtenden, erzählerischen Diskurs eines Autors darüber, aufgehoben in der Sprache.

Der leise, reine, verklingende Silberton des Eierbechers mit dem eingravierten Namen *Waldhaus* auf dem Liegebalkon des Zauberbergs, fast unhörbar im aufbrausenden Lärm des Straßenverkehrs, in der Ferne Tinzenhorn und Piz Ela schneebedeckt noch im Sommer.

»Thomas Mann lesend, geht mir auf, was ich selbst nicht ins Wort bringen kann, und ich werde gewahr, welch einen Reichtum der Empfindungen es gibt.« *Siegfried Lenz*

Das Zauberberg-Manuskript, 1924.
Es ging im zweiten Weltkrieg verloren.

EDITIONSBEISPIELE

Zeichenerklärung: mit °Kreisen° ausgezeichnete Wörter wurden vom Autor nachträglich im Manuskript eingefügt. Bei punktierten Stellen handelt es sich um rückgängig gemachte Streichungen.

BUDDENBROOKS
Verfall einer Familie
Roman

Herausgegeben und textkritisch durchgesehen von Eckhard Heftrich unter Mitarbeit von Herbert Lehnert und Stephan Stachorski

Bände 1.1 und 1.2

ERSTER TEIL.

1.

»Was ist das. – Was – ist das ...«

»Je, den Düwel ook, c'est la question, ma très chère demoiselle!«

Die Konsulin Buddenbrook, neben ihrer Schwiegermutter auf dem geradlinigen, weiß lackierten und mit einem goldenen Löwenkopf verzierten Sofa, dessen Polster hellgelb überzogen waren, warf einen Blick auf ihren Gatten, der in einem Armsessel bei ihr saß, und kam ihrer kleinen Tochter zu Hilfe, die der Großvater am Fenster auf den Knieen hielt.

»Tony!« sagte sie, »ich glaube, daß mich Gott –«

Und die kleine Antonie, achtjährig und zartgebaut, in einem Kleidchen aus ganz leichter changierender Seide, den hübschen Blondkopf ein wenig vom Gesichte des Großvaters abgewandt, blickte aus ihren graublauen Augen angestrengt nachdenkend und ohne etwas zu sehen ins Zimmer hinein, wiederholte noch einmal: »Was ist das«, sprach darauf langsam: »Ich glaube, daß mich Gott«, fügte, während ihr Gesicht sich aufklärte, rasch hinzu: » – geschaffen hat samt allen Kreaturen«, war plötzlich auf glatte Bahn geraten und schnurrte nun, glückstrahlend und unaufhaltsam, den ganzen Artikel daher, getreu nach dem Katechismus, wie er soeben, anno 1835, unter Genehmigung eines hohen und wohlweisen Senates, neu revidiert herausgegeben war. Wenn man im Gange war, dachte sie, war es ein Gefühl, wie wenn man im Winter auf dem kleinen Handschlitten mit den Brüdern den »Jerusalemsberg« hinunterfuhr: es vergingen einem geradezu die Gedanken dabei, und man konnte nicht einhalten, wenn man auch wollte.

»Dazu Kleider und Schuhe«, sprach sie, »Essen und Trinken, Haus und Hof, Weib und Kind, Acker und Vieh ...« Bei diesen Worten aber brach der alte M. Johann Buddenbrook einfach in Gelächter aus, in sein helles, verkniffenes Kichern, das er heimlich in Bereitschaft gehalten hatte. Er lachte vor Vergnügen, sich über den Katechismus moquieren zu können, und hatte wahrscheinlich nur zu diesem Zwecke das kleine Examen vorgenommen. Er erkundigte sich nach Tonys Acker und Vieh, fragte, wieviel sie für den Sack Weizen nähme und erbot sich, Geschäfte mit ihr zu machen. Sein rundes, rosig überhauchtes und wohlmeinendes Gesicht, dem er beim besten Willen keinen Ausdruck von Bosheit zu geben vermochte, wurde von schneeweiß gepudertem Haar eingerahmt, und etwas wie ein ganz leise angedeutetes Zöpflein fiel auf den breiten Kragen seines mausgrauen Rockes hinab. Er war, mit seinen siebenzig Jahren, der Mode seiner Jugend nicht untreu geworden; nur auf den Tressenbesatz zwischen den Knöpfen und den großen Taschen hatte er verzichtet, aber niemals im Leben hatte er lange Beinkleider getragen. Sein Kinn ruhte breit, doppelt und mit einem Ausdruck von Behaglichkeit auf dem weißen Spitzen-Jabot.

Alle hatten in sein Lachen eingestimmt, hauptsächlich aus Ehrerbietung gegen das Familienoberhaupt. Mme. Antoinette Buddenbrook, geborene Duchamps, kicherte in genau derselben Weise wie ihr Gatte. Sie war eine korpulente Dame mit dicken weißen Locken über den Ohren, einem schwarz und hellgrau gestreiften Kleide ohne Schmuck, das Einfachheit und Bescheidenheit verriet, und mit noch immer schönen und weißen Händen, in denen sie einen kleinen, sammetnen Pompadour auf dem Schoße hielt. Ihre Gesichtszüge waren im Laufe der Jahre auf wunderliche Weise denjenigen ihres Gatten ähnlich geworden. Nur der Schnitt und die lebhafte Dunkelheit ihrer Augen redeten ein wenig von ihrer halb romanischen Herkunft; sie stammte großväterlicherseits aus einer französisch-schweizerischen Familie und war eine geborene Hamburgerin.

Ihre Schwiegertochter, die Konsulin Elisabeth Buddenbrook,

eine geborene Kröger, lachte das Krögersche Lachen, das mit einem pruschenden Lippenlaut begann, und bei dem sie das Kinn auf die Brust drückte. Sie war, wie alle Krögers, eine äußerst elegante Erscheinung, und war sie auch keine Schönheit zu nennen, so gab sie doch mit ihrer hellen und besonnenen Stimme, ihren ruhigen, sicheren und sanften Bewegungen aller Welt ein Gefühl von Klarheit und Vertrauen. Ihrem rötlichen Haar, das auf der Höhe des Kopfes zu einer kleinen Krone gewunden und in breiten künstlichen Locken über die Ohren frisiert war, entsprach ein außerordentlich zartweißer Teint mit vereinzelten kleinen Sommersprossen. Das Charakteristische an ihrem Gesicht mit der etwas zu langen Nase und dem kleinen Munde war, daß zwischen Unterlippe und Kinn sich durchaus keine Vertiefung befand. Ihr kurzes Mieder mit hochgepufften Ärmeln, an das sich ein enger Rock aus duftiger, hellgeblümter Seide schloß, ließ einen Hals von vollendeter Schönheit frei, geschmückt mit einem Atlasband, an dem eine Komposition von großen Brillanten flimmerte.

ENTSTEHUNGSGESCHICHTE

(Auszug)

5

In dem zum größeren Teil aus älteren Texten kompilierten autobiographischen Bericht *On Myself* von 1940 nennt Thomas Mann die Arbeit an *Buddenbrooks* eine Belastung, »die ich nur mit zusammengebissenen Zähnen und höchster Anstrengung bewältigen konnte – indem ich nach Stütze und Hilfe bei den Riesen des zu Ende gehenden Jahrhunderts suchte«.[1] 1926 hatten dafür noch die Namen Turgenjew, Tolstoi und Gontscharow gestanden;[2] jetzt ist nur von *einem* Riesen die Rede: »[...] wie ich mich denn erinnere, damals besonders Tolstoi's ›Anna Karenina‹ und ›Krieg und Frieden‹ gelesen zu haben, um Kräfte zu schöpfen für eine Aufgabe, der ich mich nur in beständiger Anlehnung an die Größten gewachsen zeigen konnte.«[3]

In den Notizbüchern aus der Entstehungszeit findet sich nur gelegentlich ein Hinweis auf die begleitende Lektüre der Großmeister des 19. Jahrhunderts, abgesehen von einer freilich bemerkenswerten Ausnahme. An ihr kann man abnehmen, wie die Ermunterung übergeht zu jener Art von direkten Anleihe, die eher typisch ist für den Umgang mit geringeren Autoren à la Goncourt, Lie oder Kielland. Inmitten der frühesten Aufzeichnungen – der »Sohn des Lootsen-Kommandanten« heißt da noch Gerhardt Zeltner, und als Charakteristikum von J. J. Hoffstedes Physiognomie werden die alsbald in den Text übernommenen kleinen flinken grünen Augen vorgemerkt[4] –

1 GW XIII, 137.

2 *Lübeck als geistige Lebensform*, GW XI, 381.

3 GW XIII, 137 f. *On Myself* entstand im März 1940. Thomas Manns neuerliche intensive Beschäftigung zumindest mit *Anna Karenina* lag nicht allzu lange zurück, ein Essay darüber war in der ersten Julihälfte 1939 entstanden. Wann Thomas Mann Gontscharows *Oblomow* wirklich gelesen hat, bleibt, wegen der unterschiedlich auslegbaren Hinweise, eine offene Frage.

4 Nb. I, 85.

inmitten dieser Anhäufung von kleinen Einfällen findet sich die Abschrift einer Naturschilderung aus *Anna Karenina*:

> *Juni*, die Jahreszeit, in der die Natur auf ihrem Höhepunkt steht, in welcher der Getreideschnitt bereits bestimmt ist und die Sorge für die Saat des künftigen Jahres beginnt, – wenn der Roggen in graugrüner Färbung noch mit beweglicher Ähre im Winde wogt und der grüne Hafer von den Büscheln gelbgewordenen Grases durchsetzt, ungleichmäßig aus der Wintersaat emporkommt, wenn der frühzeitige Buchweizen schon die Erde bedeckt, während die von dem weidenden Vieh hartgetretenen Brachfelder mit den darin freigelassenen Fußsteigen, die der Pflug nicht berührt, halb gepflügt liegen, die herausgebrachten vertrockneten Düngerhaufen im Abendrot mit dem duftenden Grase zusammen ihren Geruch verbreiten und in den Niederungen, der Sense harrend in dichtem Wuchs die Wiesen stehen, mit den dunklen Massen der Sauerampfer auf den saftigen Stengeln. – Jene Zeit, in welcher [korrigiert aus »der«] in der Arbeit des Landlebens eine kurze Ruhepause eintritt, vor dem Beginn der Ernte.[5]

Als Stellenangabe wird vermerkt: »(Anna Karenina, I, S. 333)«.[6] Die Zweckbestimmung der Abschrift ist ebenfalls notiert: »Zur Ernte = Spekulation des Senators«. Erst viel später, im Notizbuch 3, zweite Lage – der Eintrag ist vermutlich auf Anfang 1899 zu datieren – wird das Thema »Ernte. Reife des Kornes« mit der Frage verknüpft, ob es »bei Warnemünde (Rostock)« Güter gäbe. Auch wird die Reise von Lübeck nach Warnemünde projektiert,[7] die Thomas Buddenbrook dann ja tatsächlich auf das Gut Pöppenrade zu Herrn von Maiboom unternimmt, um jenes fatale Geschäft zu tätigen, das schon auf der

5 Nb. I, 84 f.

6 Dem Kommentar in Nb. I, 85 zufolge handelt es sich bei der exzerpierten Stelle um »*Anna Karenina*. Bd. 1. Dritter Teil, S. 2. Nach der siebenten Auflage übersetzt von Hans Moser. Leipzig: Reclam jun. [1891]«.

7 Nb. I, 160.

nächsten Seite des Notizbuchs mit der Zeitangabe erscheint: »Thomas kauft das Getreide Ende Mai a. d. Halm. Der Hagelschlag tritt Anfang Juli ein.«[8] Der Roman präzisiert das noch: In der »Nacht vor dem siebenundzwanzigsten Mai«[9] fasst der Senator den Entschluss, das ihm von Tony eingeflüsterte Risiko zu wagen, und reist am dreißigsten Mai. Der Hagelschlag vernichtet die Ernte auf dem Halm dann am siebten Juli, dem Tag des hundertjährigen Firmenjubiläums.

Die Übertragung aus *Anna Karenina* ins Notizbuch zeigt, dass Thomas Mann schon bei *Buddenbrooks* auf eine Weise arbeitet, die sich anhand der erhaltenen Materialien späterer Werke genauer rekonstruieren lässt. Stieß er bei der Lektüre einschlägiger Texte auf Passagen, die als Vorlagen brauchbar erschienen, wurde nicht etwa ein Stichwort mit dem Hinweis auf Buch und Seitenzahl festgehalten, sondern die für nützlich erachtete Stelle herausgeschrieben; und oft schon in der paraphrasierenden Umformulierung, die dann als Basis für den eigenen Text diente. Die mit der Abschrift belanglos gewordene Herkunft wurde deshalb – anders als noch bei der uns hier beschäftigenden Tolstoi-Stelle – meist gar nicht mehr vermerkt.

Da Tolstois frühsommerliches Idyll mit dem Blick auf den Kauf der Ernte auf dem Halm abgeschrieben wurde, darf man vermuten, dass vor dem Abschluss des Geschäfts ein Gang über die Felder des verschuldeten Gutsherrn vorgesehen war. Aber dann verzichtet der Autor darauf, die initiierende Anregung durch Tolstoi direkt umzusetzen, also seinerseits die »kurze Ruhepause« zu beschreiben. Sie hätte hier, im Unterschied zu ihrer Funktion in *Anna Karenina* dazu gedient, die trügerische Stille vor dem Einbruch der schon ahnbaren Katastrophe spürbar zu machen. Statt dessen wird die Euphorie geschildert, die den Senator nach der Rückkehr vom Gut beflügelt. Die Reise dahin ist zuvor, trotz der erwähnten genauen Datumsangabe, in einem kurzen Satz abgetan. Der Leser ahnt bereits, was die Stunde

8 Nb. I, 161.

9 GKFA 1.1, 000.

geschlagen hat, wenn jetzt, am Ende des Kapitels, dem wie verjüngt wirkenden Senator in der Bürgerschaftssitzung ein brillanter Sieg über den opponierenden Hagenström gelingt.[10] Im ersten Abschnitt des neuen Kapitels fällt denn auch sofort das exakte Juli-Datum des Verhängnisses.

Abgesehen von diesem vereinzelten, aber gerade in seiner Kompliziertheit erhellenden Beispiel für die subtile Umsetzung einer Anregung reduziert sich das Problem von Tolstois Einfluss auf die Vermutung von Ähnlichkeiten bei einzelnen Personen und Handlungsmomenten oder auch auf den Vergleich der Kompositions- und Erzähltechnik, der Dialogführung und Beschreibungskunst. Mit Vermutungen statt Behauptungen sollte man in Bezug auf Tolstoi sich jedenfalls immer dann bescheiden, wenn auch bei anderen Autoren, die Thomas Mann vor 1900 gelesen hat, sich Vergleichbares findet.

Widersprüchlich sind Thomas Manns Aussagen über Emile Zola und den möglichen Einfluss von dessen Roman-Zyklus über den Aufstieg und Niedergang der Rougon-Macquart-Familie. In *Lübeck als geistige Lebensform* behauptet Thomas Mann: »Nicht Zola also, wie man vielfach angenommen hat – ich kannte ihn damals gar nicht –, sondern die sehr viel artistischeren Goncourts waren es, die mich in Bewegung setzten, und als weitere Vorbilder boten skandinavische Familienromane sich an [...].«[11] Bis in die Mitte der zwanziger Jahre war es Thomas Mann offenbar nicht sehr genehm, dass man seinen Familienroman mit dem epischen Kolossalgemälde von Zola in Verbindung brachte. Von wann an diese Distanzierung zu vermuten ist, und welches die Gründe dafür gewesen sein mögen, bleibt im Hinblick auf die Entstehung von *Buddenbrooks* zweitrangig gegenüber der Frage, wie glaubhaft die Behauptung ist, Zola am Jahrhundertende nicht gekannt zu haben. Falls aber die Bekanntschaft doch für sehr wahrscheinlich zu gelten hat: von welcher Art ist dann die Be-

10 Ebd.

11 GW XI, 380.

ziehung zwischen *Buddenbrooks* und den *Rougon-Macquart* im Vergleich zu dem, was Thomas Mann an *Renée Mauperin* und den skandinavischen Familienromanen rühmt – dass sie ihn »in Bewegung« gesetzt hätten?

Als initiierendes Vorbild für einen kleinen Roman von 250 Seiten scheidet Zolas Zyklus schon wegen seines enormen Umfangs natürlich aus. Anders hingegen, sobald man den fertigen Roman, den Samuel Fischer zunächst der Länge wegen seiner Kundschaft nicht zumuten wollte, mit *Les Rougon-Macquart* im Hinblick auf den substantiellen Gehalt vergleicht. Getrieben vom Willen, ein Gegenstück zu Balzacs *Comédie humaine* zu schaffen, hatte Zola das ewige Menschheitsthema des Verfalls im epischen Riesenformat aufbereitet und zudem sein an der Vererbungslehre und Milieutheorie orientiertes Projekt als den »Roman expérimental« essayistisch propagiert. Thomas Mann hat in seinen späteren Jahren den Vergleich von Zola mit Wagner für seine ureigene Erfindung gehalten – in gutem Glauben vielleicht, der freilich auf einem Irrtum oder einem Erinnerungsfehler beruhte. Denn der Vergleich war schon um die Jahrhundertwende geläufig.[12] Kaum vorstellbar, dass er dem von Wagner so faszinierten jungen Autor entgangen sein sollte. War ihm, wie so oft, auch hier über der geglückten Assimilation die Erinnerung an die Herkunft der Idee wirklich gänzlich abhanden gekommen?

Der Behauptung von 1926, Zola nicht gekannt zu haben, widersprechen jedenfalls spätere Äußerungen. So heißt es 1940 in *On Myself*: »Meine Konzentrierung auf die Prosa« – nach den jugendlichen Versuchen als lyrisch-dramatischer Dichter – »begann bei der Berührung mit europäischer Erzählkunst, mit den großen Werken der Franzosen, Russen und Skandinavier, die zur Zeit der naturalistischen Bewegung und Lufterneuerung, also in den neunziger Jahren des vorigen Jahrhunderts, in Deutschland ihren Einzug hielten.

12 Petriconi 1958, S. 37: »Zola mit Wagner zu vergleichen oder wenigstens von ›Leitmotiven‹ in seinen Romanen zu sprechen, war in der achtziger Jahren des vorigen Jahrhunderts ein Gemeinplatz der literarischen Kritik in Frankreich.«

Zola, Tolstoi, Turgenjew waren meine Götter [...]«.[13] 1955 würzt der Achtzigjährige die kleine Dankesrede für die ihm denn doch zu guter Letzt noch verliehene Ehrenbürgerschaft der Heimatstadt mit einer Anekdote: Der Vater habe »am Travemünder Strand durch sein goldenes Pincenez ein französisches Buch« gelesen, »einen Roman von Zola; am Ende war es gar ›Nana‹. Das durfte niemand sehen, daß Senator Mann Zola las, und darum hatte er das Buch in eine dichte, gestickte Schutzhülle gesteckt, die es unkenntlich machte.« Beim Tod des Vaters war der Sohn »fünfzehn Jahre alt« gewesen.[14] Unbeschadet eines sich regenden Zweifels, ob dieser als persönliche Erinnerung wiedergegebenen Überlieferung nicht doch eher die Stimmigkeit der Legende als die Wahrheit einer historischen Tatsache zuzumessen ist: dass Thomas Mann bei dieser Gelegenheit daran erinnert, verrät immerhin, wie sehr er den Franzosen schätzte. 1952 ehrt er ihn, des-

13 GW XIII, 134 – Es waren, wie schon ein Blick in die Verlagskataloge und in die Zeitschriften der Epoche zeigt, keine heimlichen Götter; und das gilt auch von anderen hier nicht erinnerten Autoren, für die Thomas Mann sein Interesse mit einer ziemlich breiten Leserschaft teilte.

14 GW XI, 536. – Dass es sich bei der heimlichen Zola-Lektüre des Vaters »am Ende« gerade um *Nana* gehandelt haben soll, hat wohl kaum etwas mit dem Erscheinungsdatum, 1880, dieses neunten Romans der *Rougon-Macquart* zu tun, wohl aber mit der Bedeutung, die Thomas Mann gerade diesem später zuteil werden ließ. In den *Betrachtungen eines Unpolitischen* bleibt das Buch von der durch den Bruderzwist bedingten Zola-Idiosynkrasie noch keineswegs verschont: »[...] und während die Emma des Ästheten Flaubert, während die moskowitische Anna unsterbliche Frauengestalten sind, bleibt Nana ein keuchend ins Politisch-Symbolische erhöhter Fleischklumpen.« (GW XII, 509) 1932 hingegen heißt es in der *Die Einheit des Menschengeistes* betitelten Rezension eines Buches von Alfred Jeremias, der zu den wichtigsten Quellenspendern der *Josephs*-Romane zählt, über die Muttergöttin, die auch den Namen Nana trug: »Man fragt sich, ob Emile Zola durch religionsgeschichtliche Erinnerungen bestimmt wurde, als er seiner symbolischen Heldin, der Astarte des Zweiten Kaiserreichs, diesen lockenden Namen gab. Wahrscheinlich nicht. Er hat ihn ›erfunden‹ – was eben der Mensch erfinden nennt.« (GW X, 755) Das kehrt in Abwandlung bereits 1933 wieder in *Leiden und Größe Richard Wagners* (GW IX, 365) und wird, nur wenig verändert, noch einmal 1952 im *Fragment über Zola* wiederholt (GW X, 930 – mit Druckfehler, korrigiert in E VI, 239).

sen Name einst, während des offenen Bruderzwistes, das rote Tuch gewesen war, als einen der »stärksten, von der Epoche am exemplarischsten geprägten Repräsentanten« des großen neunzehnten Jahrhunderts und verbindet ihn mit dem anderen Großen des Saeculums, mit Richard Wagner.[15] Diese Verwandtschaft hatte er bereits in der Wagner-Rede von 1933 hervorgehoben und damit das deutschnationale Gemüt, das sich schon über die Verquickung von Wagner und Sigmund Freud empörte, zusätzlich getroffen: 1952 wird wiederum auf den Punkt gebracht, worin die Verwandtschaft zwischen Zola und Wagner bestehe:

> Es ist nicht nur der Ehrgeiz des Formates, der Kunstgeschmack am Grandiosen und Massenhaften, was sie verbindet, auch nicht nur, im Technischen, das homerische Leitmotiv (das man auch bei Tolstoi findet); es ist vor allem ein Naturalismus, der sich ins Symbolische steigert und enge Fühlung hat mit dem Mythischen.[16]

Von einem ins Symbolische gesteigerten Naturalismus darf man auch schon bei *Buddenbrooks* sprechen, und desgleichen von der Fühlung mit dem Mythischen. Denn das Schicksal dieser einen Familie ist nur ein Gleichnis für den immer wiederkehrenden Auf- und Niedergang. Sollte also die frühe, allein auf Wagner bezogene Rede von der Sehnsucht, im Kleinen und Leisen dergleichen zu machen, nicht auch für *Les Rougon-Macquart* gelten?

Peter de Mendelssohn hat unbesehen Thomas Manns Behauptung übernommen, er habe zur Zeit der Entstehung von *Buddenbrooks* Zola nicht gekannt.[17] Der Biograph unterstützte das mit dem Hinweis auf den Eintrag im Notizbuch 7, das erst 1901 begonnen

15 *Fragment über Zola*; GW X, 930.

16 Ebd.

17 Mendelssohn 1996 I, S. 643 f. – Schon H. Petriconi hat im Vertrauen auf Thomas Manns Aussage den Schluß gezogen: »Er hätte freilich seinen ›Verfall einer Familie‹ aus Zolas ›Histoire naturelle et sociale d'une famille‹ entnehmen können, aber er kannte die ›Rougon-Macquart‹ damals gar nicht und hat sie niemals sehr gut gekannt.« (Petriconi 1958, S. 153)

wurde: »*Lesen*: Zola, die Rougon-Macquart. Unverkürzte Ausgabe. übers. von Armin Schwarz. Budapest: Gustav Grimms Verlag.«[18] Schon früh erschienen Einzelbände von Zolas Roman-Zyklus in deutscher Übersetzung, und die 20bändige Ausgabe von Schwarz datiert bereits von 1892–99, was allein schon für das große Interesse an Zola außerhalb Frankreichs spricht. Der für die zeitgenössische Literatur so aufgeschlossene junge Autor dürfte also schwerlich achtlos an Zola vorübergegangen sein. Zu allem hin findet sich im Jahr 1896 ein Indiz, das gerade durch die selbstverständliche Beiläufigkeit Gewicht erhält. In der Rezension einer deutschen Neuerscheinung wird dem Autor ein Fehler vorgehalten, den »viel Größere [...] – siehe Zola's Pot-›Bouille‹ –« begangen hätten.[19]

Will man der späteren Behauptung Thomas Manns, Zola vor 1900 nicht gekannt zu haben, einen Rest von Wahrscheinlichkeit zugestehen, so muss man sie darauf reduzieren, dass er den Roman-Zyklus als Ganzen nicht gekannt oder gelesen habe.[20] Um was es dabei im

18 Nb. II, 38 – Das Argument verliert alle Beweiskraft, wenn man diese Titelvormerkung mit anderen vergleicht. Zwar taucht im Notizbuch 9 unter der Abteilung »*Gewünschte Bücher*« noch einmal auf: »Zola (ganz) bei Grimm in Budapest.« Aber auf derselben Seite (Nb. II, 214) dieser aus den Jahren 1906–1908 stammenden Liste steht auch: »Brandes, Hauptströmungen«. Schon im Notizbuch 3 (1898/99 zu datieren) findet sich aber: »G. Brandes: Hauptstr. d. L. d. 19ten J. 1899«, mit weiteren bibliographischen Angaben zu dieser Edition (Nb. I, 154). Spekulationen darüber, ob Thomas Mann die *Hauptströmungen* nun mitten in der Arbeit am Roman oder am Ende gar erst Jahre danach studiert habe, führen in jedem Fall in die Irre. Denn schon 1895 finden sich Notizen, die auf die Lektüre des Werkes zurückgehen (Nb. I, 39 f.).

19 *Carl von Weber: »Ehre ist Zwang genug«*; GKFA 14.1, 000; zuerst erschienen in *Das XX. Jahrhundert*, November 1896. – *Pot-Bouille*, der zehnte Roman von *Les Rougon-Macquart*, erschien 1882, die deutsche Übersetzung *Der häusliche Herd* von A. Schwarz ebenfalls schon 1882 in Budapest.

20 Dass Thomas Manns Erinnerungsvermögen an die Lektüren während der Entstehungszeit von *Buddenbrooks* nicht blindlings vertraut werden darf, zeigt auch das Beispiel Fontane, von dem oben die Rede war. So versichert er in einem Brief an Bernt Richter vom 10.7.1952: »Zur Zeit von ›Buddenbrooks‹ habe ich gerade die späten Werke Fontane's, Effi Briest, Stechlin, Poggenpuhls etc., die mich dann so sehr entzückten, *nicht* gekannt.« (DüD I, 128)

Kern ging, wusste aber in Deutschland um die Jahrhundertwende jeder Leser von Feuilletons und literarischen Zeitschriften auch ohne die Lektüre des einen oder anderen der schon früh übersetzten Bände. Zudem war Zola, während *Buddenbrooks* geschrieben wurde, in aller Munde, nachdem er 1898 mit *J'accuse* die korrupte, antidemokratische und antisemitische Front aus Militär, Justiz und nationalistisch-reaktionärer Politik durch die anklagende Forderung provoziert hatte, den Prozess gegen den fälschlich als Spion verurteilten Hauptmann Dreyfus wieder aufzunehmen.

Aber selbst wenn man unterstellt, dass die nicht nur Frankreich spaltende, sondern ganz Europa erregende Affäre den an Politik noch ziemlich desinteressierten jungen Thomas Mann nur wenig berührt hätte: das naturalistische Monumentalwerk Zolas muss allein schon durch den Untertitel seine Aufmerksamkeit erregt haben. Denn dem zum Haupttitel erhobenen Familiennamen Rougon-Macquart hatte Zola die programmatische Ergänzung hinzugefügt: *Histoire naturelle et sociale d'une famille sous le Second Empire.* Der Vergleich mit dem Titel und Untertitel von *Buddenbrooks* drängt sich auf. Wir wissen nicht, zu welchem Zeitpunkt der ursprünglich geplante Titel »Abwärts« aufgegeben wurde, und über die Gründe des Wechsels liegen keine Äußerungen Thomas Manns vor. Die Titel von Vorbildromanen wie *Anna Karenina, Renée Mauperin* oder *Effi Briest* mögen dazu beigetragen haben. Von ihnen gilt jedenfalls, was noch in *Bilse und ich* (1904) als die Maxime eines Kollegen übernommen wird: »›[...] eigentlich sind doch alle Titel, außer den Eigennamen, kolportagehaft.‹«[21] Am größten ist jedoch, wegen der Doppelung von Familienname und Grundthema, die Ähnlichkeit zum Titel von Zola.

Jedoch bewies der jugendliche Autor von *Buddenbrooks* seine Souveränität nicht nur im Umgang mit dem Quellenmaterial und mit der Stoffmasse, sondern auch und gerade in der Art, wie er literarische Tendenzen und Modelle dem Eigengesetz seines Romans zu un-

21 GKFA 14.1, 000.

terwerfen verstand. Das wird besonders deutlich im Vergleich zur Abhängigkeit, wie sie sich im frühen Roman von Heinrich Mann *In einer Familie* gezeigt hatte. Er war im September 1892, also mit zwanzigeinhalb Jahren, begonnen und schon im Oktober 1893 abgeschlossen worden. Dank der finanziellen Unterstützung der Mutter konnte er 1894 zum Druck gelangen.[22] Das Buch war Paul Bourget gewidmet. Der zu dieser Zeit längst berühmte französische Schriftsteller hatte der Bitte des jungen deutschen Verehrers um die Erlaubnis für diese Dedikation stattgegeben. Der Widmung haftet gewiss etwas von Renommisterei an, aber sie hat auch einen programmatischen Hintergrund. Als Analytiker der Décadence wollte Bourget mit Romanen und Essays zur Erkenntnis des drohenden moralischen und physischen Verfalls seiner Nation und damit zu dessen Überwindung beitragen. Er setzte auf die gesunde Familie als Keimzelle des Volkes. Der junge Heinrich Mann folgt dem Vorbild und mutet schließlich seinem sich an Goethes *Wahlverwandtschaften* entlang hangelnden Roman zu, dass als die Moral »das echte, stetig geordnete, einträchtige und in seinem unscheinbaren Frieden so inhaltsreiche Leben einer Familie« aufschimmert. Das wird vorbereitet durch den Dialog zwischen Wellkamp, Prototyp des schwachen Dilettanten, und Anna, einem Musterbild reiner, rettender Weiblichkeit:

> »Hältst Du es für möglich« fragte er nachdenklich, »daß nach uns eine Generation von Männern käme, die wieder einfacher, lebensfreudiger und in einem Glauben besser gegründet wären als wir heutigen?« / Anna nickte ihm zu. / »Du sagst mir, daß ihr Alle die Sehnsucht nach dem Glauben kennt. Das ist augenscheinlich die

22 1898 erschien eine zweite kleine Auflage. Im Rahmen von Heinrich Manns *Gesammelten Werken* erschien der Roman jetzt wieder nach dem Erstdruck mit einem Nachwort von Klaus Schröter, Frankfurt am Main: S. Fischer 2000. Heinrich Mann hat 1924 eine dritte stilistisch überarbeitete Auflage bei Ullstein veröffentlicht und ein Nachwort beigegeben, das beginnt: »Diesen Roman schrieb ich so früh, daß ich unmöglich noch zu ihm stehen kann wie ein Autor zu seinem Buch.« (Das Nachwort jetzt auch im Anhang zur Ausgabe Frankfurt am Main 2000, S. 302–305.)

letzte Spur von dem, was schon eure Großväter zu verlieren begannen. Aber sollte es nicht zugleich die beste Vorbereitung sein, daß eure Söhne und Enkel es wiederfinden? Denn die geistige Bewegung ist eine Wiederholung ohne Ende. So wie wir's erleben, hat es sich unzähligemal zugetragen. Im geistigen und moralischen Leben gibt es nur darum ein ›Hinab‹, damit sofort ein ›Herauf‹ darauf folgen kann.« / »Und Du glaubst, daß wir an dem ›Hinauf‹ angelangt sind?« fragt Wellkamp fast freudig und erwidert Annas zustimmendes Lächeln.

Den Zweifel, ob das am Ende nicht doch satirisch gemeint sein könnte, vertreibt der feierliche Erzählerkommentar: »Sie haben Beide die Hoffnung, weil sie die Liebe haben.«[23] Die gesündeste Frauenfigur in *Buddenbrooks* heißt ebenfalls Anna, und der ursprünglich vorgesehene Titel »Abwärts« liegt noch sehr nahe beim »Hinab« von Heinrichs Schlusstableau.

In *Buddenbrooks* bleibt freilich die sentimentale und direkte Tröstung des »Herauf« versagt, auf die auch Zola nicht verzichtete. Widmete doch schon er der dann auch von Heinrich Mann auf den letzten Seiten eröffneten heilen Familienzukunft den abschließenden zwanzigsten Band des Zyklus. Er trägt den Namen der Hauptfigur als Titel, *Le Docteur Pascal*, und erschien 1893. Doktor Pascal, Spross der paradigmatischen Familie und schon an der Schwelle des Alters stehend, aber ohne erkennbare Anzeichen hereditärer Degenereszenz, zeugt mit seiner dreieinhalb Jahrzehnte jüngeren Nichte, die seit ihrer Kindheit unter seiner Obhut aufgewachsen ist, einen Sohn. Und er tut das nicht in Unkenntnis der Vererbungslehre. Über das

23 Heinrich Mann, *In einer Familie*, S. 296. Die Anlehnung an Bourgets nationales Genesungsprogramm wird hier überdeutlich. Thomas Mann hat sich im selben Sinn 1896 in dem kleinen Aufsatz *Ein nationaler Dichter* geäußert (s. GKFA 14.1, 000 und Kommentar) – Zu Paul Bourgets Rolle für die zeitgenössische Analyse der Dekadenz und ihrer proklamierten Überwindung vgl. Bauer 2001. Speziell zum Verhältnis von Thomas und Heinrich Mann zu Bourget s. Schröter 1965 und Wieler 1996.

gesammelte Wissen seines Erfinders Zola verfügend, hat dieser Arzt akribisch die Linien seiner Herkunft in der ganzen Variantenbreite zurückverfolgt. Die Bestätigung, ob er Recht daran tat, das Wagnis der Fortpflanzung auf sich zu nehmen, erlebt er zwar nicht mehr, denn er stirbt vor der Geburt des Kindes. Dafür wird dem Leser mit dem Anblick der glücklich stillenden Mutter, diesem ewigen Menschheitssymbol, eine letzte frohe Botschaft zuteil.

STELLENKOMMENTAR

Erster Teil.

1.

67 2 1.] Das 1. Kapitel in der Version der Ausgeschiedenen Blätter s. Paralipomena S. 000.

3 *Was ist das*] Mit dieser 22mal wiederholten Formel werden die Erläuterungen der von Luther im *Kleinen Katechismus* zusammengefassten Glaubensinhalte eingeleitet bzw. abgefragt. Die Eingangsfrage hat leitmotivischen Charakter, sie zieht sich in mannigfachen Abwandlungen durch den Roman bis hin zum Ende, wo sie, als ironisch gebrochenes Echo in Sesemi Weichbrodts »Es ist so!« noch einmal wiederkehrt. – Unter den frühen, vermutlich schon im Sommer 1897 in Palestrina festgehaltenen Einfällen des zweiten Notizbuches heißt es: »*Anfang* / ›Was ist das. – Was – ist das ...‹ / ›Je, den Düwel ook, c'est la question, ma très chère demoiselle!‹« (Nb. I, 67). – Frizen 1980, S. 479 verweist auf Fontanes *Ellernklipp*, Ende des 4. Kapitels, wo die befragte kleine Hilde beim »Was ist das?« ins Stocken gerät.

4 *»Je, den Düwel ook ... chère demoiselle!«*] Ja, zum Teufel, eben das ist die Frage, mein wertes Fräulein. – Die Redeweise der älteren Generation unterscheidet sich von jener der jüngeren durch die Häufigkeit französischer Einsprengsel. In lockerer oder erregter Stimmung fällt der alte Buddenbrook aus dem Hochdeutschen ins Niederdeutsche und mischt es dazu mit dem Französischen. In Lübeck war Niederdeutsch noch weit über die Reformation hinaus Schrift- und Verkehrssprache. – Ebel 1974, S. 84 vermutet in Morten W. Garman aus Kiellands *Schiffer Worse* (dt. Berlin 1882), der sich ebenfalls zahlreicher französischer Wendungen bedient, ein Vorbild für den alten Buddenbrook.

11–12 *»Tony!« ... die kleine Antonie*] Das Nebeneinander der familiären Kurz- und der offiziellen Namensform ist in Notizbuch 2 vorgeprägt. Zunächst wird »Antonie« verwendet, dann (von Nb. I, 96 an) »Tony«.

67 17–23 *»Ich glaube … herausgegeben war.*] Tony sagt hier die Erläuterung zum ersten Artikel des zweiten Hauptstückes (*Vom christlichen Glauben*) auf; der Artikel lautet: »Ich glaube an Gott den Vater, allmächtigen Schöpfer des Himmels und der Erden.« Zugrunde liegt die folgende Ausgabe: *Erklärung des kleinen Katechismus Luthers mit Eines Hochedlen und Hochweisen Rathes Genehmigung zum öffentlichen Gebrauche herausgegeben von Einem Ehrwürdigen Ministerio der freien Stadt Lübeck*. Lübeck 1837. Thomas Mann passt das Erscheinungsjahr der Chronologie des Romans an, datiert es also um zwei Jahre vor. Der Originaltext in der *Erklärung*, S. 36: »Was ist das? / Ich glaube, daß mich Gott geschaffen hat, sammt allen Creaturen, mir Leib und Seele, Augen und Ohren und alle Glieder, Vernunft und alle Sinne gegeben hat und noch erhält; dazu Kleider und Schuhe, Essen und Trinken, Haus und Hof, Weib und Kind, Acker, Vieh und alle Güter; mit aller Nothdurft und Nahrung dieses Leibes und Lebens reichlich und täglich versorget; wider alle Fährlichkeit beschirmet, und vor allem Uebel behütet und bewahret; und das Alles aus lauter väterlicher göttlicher Güte und Barmherzigkeit, ohn all mein Verdienst und Würdigkeit; deß Alles ich ihm zu danken und zu loben, und dafür zu dienen und gehorsam zu seyn schuldig bin. Das ist gewißlich wahr.« Faksimiles von Titelblatt und Erläuterung bei Kadelbach 2000, S. 41 u. 44.

23 *neu revidiert herausgegeben war*] In den Ausgeschiedenen Blättern folgt: »– schnell und dennoch mit deutlicher Aussprache eines jeden Buchstabens, wie sie es bei Rieke Haak in der Schule gelernt hatte.« (Vgl. Paralipomena S. 000) Im 2. Notizbuch vorgemerkt: »Die Lehrerin Rieke Haack« (Nb. I, 81 irrtümlich »Kieke«).

26 *»Jerusalemsberg«*] Carstensen 1986, S. 11: »Vor dem Burgtor gelegen, war er von einem Lübecker Ratsherrn nach seiner Pilgerfahrt ins Heilige Land im 15. Jahrhundert als Kalvarienberg errichtet worden und vor der Reformation das Karfreitagsziel einer via dolorosa.« Eine Photographie um 1900 bei Dräger 1993, S. 77.

68 1 *der alte M.*] Ab 1951 ist M. durch Monsieur ersetzt (s. Textlage S. 000).

68 4 *moquieren*] Aus frz. se moquer: sich lustig machen. Ab 1911: »mokieren«.

8–17 *Sein rundes … Spitzen-Jabot.*] Schon 1897 in Notizbuch 2 (Nb. I, 60 f.) skizziert: »Das runde; rosig überhauchte und wohlmeinende Gesicht des alten Herrn war von schneeweiß gepudertem Haar eingeramt, und ein ganz diskret angedeutetes Zöpflein hing auf den breiten Kragen seines mausgrauen Rockes hinab. Er hatte die Mode des vorigen Jahrhunderts nicht abgelegt. Nur auf den Tressenbesatz zwischen den Knöpfen und an den großen Taschen hatte er verzichtet. Aber niemals im Leben hatte er lange Beinkleider getragen. – Sein Kinn ruhte breit, doppelt und mit einem Ausdruck von Behaglichkeit auf dem feinen weißen Spitzenjabeau.«

12–13 *mit seinen siebenzig Jahren*] In den Datenlisten der Buddenbrooks-Materialien schwankt das Geburtsjahr zwischen 1765 und 1770. S. Paralipomena S. 000 und 000.

16 *lange Beinkleider*] Der alte Buddenbrook trägt Kniehosen nach der Mode der höheren Stände aus der vorrevolutionären Zeit des 18. Jahrhunderts. »Beinkleid« diente vor allem im 19. Jahrhundert in der gehobenen Sprache dazu, das auf weibliche Unterwäsche hindeutende und somit tabuisierte Wort »Hose« zu vermeiden.

17 *Spitzen-Jabot*] Jabot (frz.), eine am Hemd befestigte Brustkrause der Herrentracht im 18. und in der ersten Hälfte des 19. Jahrhunderts, meist aus Spitze oder gefälteltem Batist.

19 *Mme.*] Ab 1951 ist Mme. durch Madame ersetzt (s. Textlage S. 000).

21–29 *Sie war … halb romanischen Herkunft*] In Notizbuch 2 von 1897 (Nb. I, 61) vornotiert: »Seine Gattin war eine korpulente Dame mit dicken weißen Locken über den Ohren, einem grau und weiß gestreiften Kleid aus schwerer und blanker Seide, das am Halse mit einer schimmernden Diamantbrosche geschlossen war, und °mit° noch immer schönen und weißen Händen. Ihre Gesichtszüge waren [korrigiert aus »hatten sich«] im Laufe der Jahre auf wunderliche Weise denjenigen ihres Gatten ähnlich geworden; nur der Schnitt und die tiefe Dunkelheit ihrer Augen redeten ein wenig von ihrer romanischen Abstammung.« Thomas Mann hat nachträglich über diese Skizze geschrieben: »(Einfacher)«, doch hat er, wie der Vergleich zeigt, den Text dann doch nur minimal verändert.

68 25 *Pompadour*] Kleiner Stoffbeutel, der als Handtasche diente, benannt nach der Marquise de Pompadour (1721–1764), der Maitresse Ludwigs XV. von Frankreich.

30 *aus einer französisch-schweizerischen Familie*] In den Ausgeschiedenen Blättern zuerst: »aus einer französischen Emigrantenfamilie«. S. Paralipomena S. 000.

69 3–17 *Sie war … großen Brillanten flimmerte.*] Auch diese Beschreibung in Notizbuch 2 von 1897 (Nb. I, 61 f.) entworfen: »Die Consulin war nicht schön, aber mit ihrer hellen [korrigiert aus »klaren«] und besonnenen Stimme [korrigiert aus »Sprache«], ihren ruhigen, sicheren und sanften Bewegungen gab sie aller Welt das Gefühl von Klarheit und Vertrauen. Ihrem rötlichen Haar, das in breiten, künstlichen Locken über die Ohren frisiert war, entsprach ein außerordentlich zartweißer Teint mit vereinzelten kleinen Sommersprossen. Der untere Teil [Doppelkorrektur aus »Die So« bzw. »Das Oval«] ihres Gesichtes mit der etwas zu langen Nase und dem breiten, feingeschnittenen Mund war vielleicht nicht schmal genug; aber das schmale Mieder mit kurz gepufften Ärmeln, an das sich ein enger Rock aus °duftigem° hellblumtem Stoffe schloß, ließ einen Hals von vollendeter Schönheit frei, geschmückt ausschließlich mit einem Band aus heller Seide. Sie hatte, während ihre blauen Augen mit den sehr hellen Brauen und Wimpern [gestrichen folgt »voll«] beim Sprechen ein wenig zur Seite sahen, schon viel von der maßvoll würdigen Haltung ihrer Schwiegermutter, – abgerechnet etwa die ein bischen komische Behaglichkeit der alten Dame. Ihr Lachen bestand in einem hellen und feinen Kichern °das bestrickend herzlich klang und° wobei sie das Kinn auf die Brust drückte.« Über diese Skizze hat Thomas Mann geschrieben »(reicher)«.

Ausgeschiedene Blätter
(Auszug)

16 Consul Buddenbrook durchschritt zügig sein weitläufiges Grundstück. Als er in die Bäckergrube hinaustrat, vernahm er hinter sich °Schritte° und erblickte den Makler Gosch, °ein°en °ziemlich kleiner Herr,° welcher, malerisch in seinen langen Mantel gehüllt gleichfalls die schräge Straße hinauf zur Sitzung strebte. Während er mit der einen seiner langen und mageren Hände den °à la Jésuite geformten Filz°hut lüftete und mit der andern, gebückt, eine glatte, höfische und schlanke Bezeigung der Demuth vollführte, sprach er mit hoher, gepreßter und verbissener Stimme:

»Herr Consul ... *ich grüße Sie!*«

Dieser Makler Sigismund Gosch, °ein Junggeselle,° der etwa vierzig Jahre zählte, war trotz seines Gebahrens der ehrlichste und gutmütigste Mensch von der Welt. Nur war °er° ein Schöngeist, ein origineller Kopf. Sein glattrasiertes Gesicht zeichnete sich °aus° durch eine gebogene Nase, ein spitz hervorspringendes Kinn, scharfe Züge und einen breiten, abwärtsgezogenen Mund, dessen schmale Lippen er in verschlossener und bösartiger Weise zusammenpreßte. Es war

4–5 Consul Buddenbrook ... Grundstück.] *korrigiert aus*: Während [*korrigiert aus*: Indeß] aus der Richtung der Breiten Straße her das Toben der Revolution vernehmbar war, schritt Johann Buddenbrook durch den »Fünfhausen«.
5 hinaustrat] *korrigiert aus*: einbog, 5 vernahm] *korrigiert aus*: hörte
5 er] *gestrichen folgt*: eilige Schritte 6 Gosch,] *danach eingefügt und wieder gestrichen*: Protokollführer der Bürgerschaft, 9 mit der] *gestrichen folgt*: Rechten seinen 10 mit der] *gestrichen folgt*: Linken eine erhabene Bewegung vollführte, sprach er mit halb ironischem, halb feierlichem Ausdruck
14 Dieser Makler] *davor eingefügt und wieder gestrichen*: Gleichwohl war
15 zählte] *gestrichen folgt*: redete beständig in höherem Ton. 15 trotz] *korrigiert aus*: Trotz 16 Nur] *korrigiert aus*: Er 17 Kopf.] *korrigiert aus*: Mensch.
19 Mund] *danach eingefügt und wieder gestrichen*: au[s]

37.

~~[illegible]~~ Consul Buddenbrook durchschritt zügig sein weitläufiges Grundstück.

~~Während man die Bildung der Breiten Straße für das Jahr der Revolution [illegible] hatte, schritt Johann Buddenbrook durch den [illegible]~~ Als er in die Bäckergrube einbog, hörte er eilige Schritte hinter sich und erblickte den Makler Gosch, welcher, sich in seinen langen Mantel gehüllt, die gleiche Straße hinauf zur Sitzung strebte. Während er mit der [illegible] seines [illegible] und mit der [illegible], [illegible] ~~[illegible]~~

„Herr Consul … ich grüße Sie!"

~~[illegible]~~ Es war Makler Sigismund Gosch, [illegible] ~~[illegible]~~ ~~[illegible]~~ Er hatte ein [illegible] Gesicht, eine originelle [illegible] Seine glatt rasierten scharf geschnittenen Züge mit einer gebogenen Nase, ein spitz hervorspringendes Kinn, [illegible] und einen breiten, abwärtsgezogenen Mund, dessen schmale Lippen er in verbissener und bösartiger Weise zusammenzupressen pflegte. Er war ein Fünfziger – und es gelang ihm nicht übel –, einen düsteren und schönen Intrigantenkopf zur Schau zu tragen,

sein Bestreben – und es gelang ihm nicht übel –, ein wildes, spöttisches °und teuflisches° Intrigantenhaupt zur Schau zu tragen,
16 a eine böse, hähmische, interessante und furchtgebietende Charakterfigur [unleserlich] zwischen Mephistopheles und Napoléon ... Sein ergrautes Haar war tief und düster in die Schläfen gestrichen. °Er bedauerte aufrichtig, nicht bucklig zu sein.° Er war eine fremdartige und liebenswürdige Erscheinung unter den Bewohnern der alten Handelsstadt. Er gehörte zu ihnen, weil er in aller Bürgerlichkeit ein kleines, solides und in seiner Bescheidenheit geachtetes Vermittlungsgeschäft betrieb; in seinem engen, dunklen Contor in der unteren Braunstraße aber stand ein °großer Bücher° schrank, der mit deutschen, französischen, italienischen °und spanischen Dicht°werken gefüllt war, und es ging das Gerücht, daß er seit seinem zwanzigsten Jahre an der Übersetzung von Lope de Vega's sämmtlichen Dramen arbeite ... Einmal jedoch hatte er bei einer Liebhaberaufführung von Schillers Don Carlos den Domingo gespielt. Dies war der Höhepunkt seines Lebens. – Niemals war ein plattdeutsches Wort über seine Lippen gekommt [sic] und selbst in geschäftlichen Gesprächen brachte er die üblichen Redewendungen nur zwischen den Zähnen und mit einem Minenspiele hervor, als wollte er sagen: »Schurke, ha! Im Grab verfluch' ich deine Ahnen!« Er war °in mancher Beziehung° der Erbe und Nachfolger des seligen Jean Jacques Hoffstede; nur daß sein Wesen düsterer und pathetischer war und daß ihm nichts von der scherzhaften Heiterkeit eignete, die der Freund des älteren Johann Buddenbrook aus dem vorigen Jahrhundert herübergerettet hatte. °Da übrigens in dieser politischen und

1–2 ein wildes ... Intrigantenhaupt] *korrigiert aus*: einen wilden und schönen Intrigantenkopf 2–3 eine böse ... Charakterfigur] *korrigiert aus*: einen bösen, hämischen, interessanten und furchtgebietenden Charakterkopf 12 französischen] *gestrichen folgt*: und 18 und] *gestrichen folgt*: niemals 21 Er war] *danach eingefügt und wieder gestrichen*: wie man sieht 23 sein Wesen] *als Alternative erwogen*: sein Charakter [*weitere Alternative*: er] 24 ihm] *ursprünglich folgte*: die scherzhafte Heiterkeit fremd war [*dann erwogen*: keines] praktischen Zeit die Poesie in bedauerlicher Weise aus der Mode gekommen war, so blieb sein Wesen ziemlich unverstanden.° – Eines Tages verlor er an der Börse mit einem Schlage sechs °und einen halben° Kurantthaler an zwei oder drei Papieren, die er spekulativer Weise gekauft hatte. Da riß sein dramatisches Empfinden ihn mit sich fort °und er gab eine Vorstellung.° Er ließ sich auf einer Bank nieder, in der Haltung Napoléons nach der Schlacht bei Waterloo, preßte eine geballte Faust gegen die Stirn und wiederholte mehrere Mal mit einem gotteslästerlichen Augenaufschlag: »Ha, Verflucht!« Da ihn die kleinen, [unleserlich] sicheren Gewinste, die er beim Verkaufe dieses oder jenes Grundstücks oder Hauses einstrich, ihn im Grunde langweilten, so war dieser Verlust, dieser tragische Schlag, mit dem der Himmel ihn, den Intriganten getroffen, ein °Genuß und° Glück für ihn, an dem er wochenlang zehrte. Auf die Anrede: »Ich höre, Sie haben Unglück gehabt, Herr Gosch? Das thut mir leid …« pflegte er zu antworten: »Oh, mein werther Freund! Uomo non educato dal dolore riman sempre bambino!« Begreiflicher Weise verstand das Niemand. War es von Lope de Vega? … Fest stand, daß dieser Sigismund Gosch ein gelehrter und merkwürdiger Mensch war.

»Welche Zeiten, in denen wir leben!« sagte er zu Consul Buddenbrook, während

er, in gebückter Haltung auf seinen Stock gestützt neben ihm die Bä- 17
ckergrube hinaufschritt … »Zeiten des Sturmes und der Bewegung!«

»Da haben Sie recht«, erwiderte der Consul. »Die Lage ist ernst. In Berlin haben die Dinge eine bösartige Wendung genommen. Man muß erwarten, daß der König unterzeichnen wird …«

»Hören Sie! fuhr Herr Gosch zu sprechen fort … Ich bin den ganzen Tag unterwegs gewesen, ich habe den Pöbel beobachtet. Es waren herrliche Bursche darunter, das Auge flammend von Haß und Begeisterung …«

10 kleinen,] *gestrichen folgt:* sic[heren] 23 er,] *gestrichen folgt:* obgleich er sehr wohl aufrecht zu gehen vermochte,

Johann Buddenbrook fing an zu lachen. Sie sind mir der Rechte, mein Freund! Sie scheinen Gefallen daran zu finden? Nein, erlauben Sie mir ... eine Kinderei, das Alles! Was wollen diese Menschen? Eine Anzahl ungezogener °junger° Leute, die die Gelegenheit benützen, ein bischen Spectacel zu machen ...

Ich bin einigermaßen damit einverstanden, daß Cremer heute Morgen ziemlich scharf zu Werke gegangen ist ...«

[»]Ja, auch die brave Polizei hat sich prachtvoll gehalten!« versetzte Herr Gosch begeistert. [»]Ich war dabei, als der Schlachtergehilfe Berkemeyer verwundet wurde ... Er vertheidigte sich wie ein Panther!« Das letzte Wort sprach Herr Gosch mit °besonders fest° zusammengebissenen Zähnen und fuhr dann fort: »Nein, man kann nicht leugnen, daß die Sache ihre erhabene Seite besitzt! Es ist endlich einmal etwas Anderes, wissen Sie, etwas Unalltägliches, Gewaltthätiges, Sturm, Wildheit ... ein Gewitter ...«

»Ich verstehe Sie völlig, Herr Gosch«, sagte der Consul ernst. »Nur überlege ich, daß, wenn alle Leute – und es giebt, abgesehen von unserer Stadt, dort draußen nur zu viele dieser Art! – die Dinge mit diesem dégagierten und poetischem Interesse ... wie im Theater, gleichsam ... betrachten wollten, das Vaterland der Anarchie gehören würde ...«

»Ich warne eben davor, die Dinge zu leicht zu nehmen.«

»Sie befürchten Ernstliches?«

Herr Gosch aber antwortete: »Vor dem Sklaven wenn er die Kette bricht, vor dem freien Manne erzittere nicht ...« Gott wußte, was er damit sagen wollte. Die beiden Herren waren vor das einfache, mit gelber Oelfarbe gestrichene Haus gelangt, in dessen Erdgeschoß sich der Sitzungssaal der Bürgerschaft befand.

3 Menschen] *korrigiert aus*: Leute

ESSAYS I

1893 – 1914

Herausgegeben und textkritisch
durchgesehen von Heinrich Detering
unter Mitarbeit
von Stephan Stachorski

Bände 14.1 und 14.2

SÜSSER SCHLAF!

Daß täglich die Nacht sinkt, daß über Qual und Drangsal, Leiden und Bangen sich allabendlich stillend und löschend die Gnade des Schlafes breitet, daß stets aufs neue dieser Labe- und Lethetrank unseren verdorrten Lippen bereit ist, aufs neue stets, nach dem Kampf, dies milde Bad unseren zitternden Leib umfängt, damit er, gereinigt von Schweiß, Staub und Blut, gestärkt, erneuert, verjüngt, fast unwissend wieder, fast mit der ursprünglichen Tapferkeit und Lust daraus hervorgehe – Freund! ich habe das immer als die gütigste und rührendste der großen Tatsachen empfunden und anerkannt. Wir treten, Geschöpfe des blinden Dranges, aus leidloser Nacht in den Tag und wandern. Die Sonne sengt uns, wir schreiten auf Dornen und spitzem Gestein, unsere Füße bluten, unsere Brust keucht. Entsetzen, wenn die glühende Straße der Mühsal ungeteilt, ohne *vorläufiges* Ziel, in greller Unabsehbarkeit vor uns läge! Wer hätte die Kraft, sie zu Ende zu gehen? Wer sänke nicht in Entmutigung und Reue dahin! Aber die heimatliche Nacht ist eingeschaltet, vielmals, vielmals, in den Passionsweg des Lebens; jeder Tag hat ein Ziel: mit Quellgemurmel und grüner Dämmerung wartet unser ein Hain, ein heiliger Hain, wo weiches Moos unsere Füße tröstet, wonnige Kühle unsere Stirn mit Heimatsfrieden umwehen wird, und mit umfangenden Armen, rückwärts sinkendem Haupt, mit offenen Lippen und selig brechenden Augen gehen wir in seinen köstlichen Schatten ein ...

Man sagt mir, daß ich ein ruhiges Kind war, kein Schreihals und Störenfried, sondern dem Schlummer und Halbschlummer in einem den Wärterinnen bequemen Grade zugetan. Ich glaube es, denn ich erinnere mich, den Schlaf und das Vergessen geliebt zu haben zu einer Zeit, da ich noch kaum etwas zu vergessen hatte, und ich weiß wohl zu sagen, durch welchen geistigen Eindruck die stille Neigung zuerst zur bewußten Zärtlichkeit angefacht wurde: Es war damals, als ich das Märchen vom Mann ohne Schlaf vernommen hatte – die Geschichte jenes Mannes, welcher der Zeit und seiner Hantierung mit so törichtem Eifer anhing, daß er dem Schlafe fluchte. Da gewährte ihm ein Engel die schreckliche Vergünstigung: Er nahm das physische Bedürfnis des Schlafes von ihm, er hauchte auf seine Augen, daß sie wie graue Steine in ihren Höhlen wurden und sich niemals mehr schlossen. Wie dieser Mann sein Verlangen bereut, was er ausgestanden als einzig Schlafloser unter den Menschen, wie er, ein trauriger Verdammter, sein Leben hingeschleppt, bis endlich der Tod ihn erlöste, endlich die Nacht, die unzugänglich vor seinen steinernen Augen gestanden, ihn zu sich und in sich genommen – ich wüßte es im einzelnen nicht mehr zu erzählen, aber ich weiß, daß ich am Abend jenes Tages kaum erwarten konnte, in meinem Bettchen allein gelassen zu werden, um mich an die Brust des Schlafes zu werfen, daß ich nie inniger geschlafen habe als in der Nacht, nachdem ich jener Geschichte gelauscht.

Seitdem habe ich stets in den Büchern mit Genugtuung angemerkt, was sie zum Lobe des Schlafes zu sagen wußten, und so recht nach meinem Herzen war es zum Beispiel, wenn *Mesmer* die Möglichkeit betonte, daß der Schlaf, in dem das Leben der Pflanzen besteht und aus dem das Kind in den ersten Lebenswochen nur erwacht, um Nahrung zu sich zu nehmen, vielleicht der dem Menschen natürliche, ursprüngliche Zustand sei, dem Zweck des Vegetierens am unmittelbarsten entsprechend. »Könnte man«, meint der geniale Charlatan, »nicht sagen, daß wir nur wachen, um zu schlafen?« Das ist vorzüglich gedacht, und die Wachheit ist sicherlich nur ein Kampfzustand zum Schutze des Schlafes. Hält nicht auch *Darwin* dafür, daß sich der Geist nur als Waffe im Daseinskampfe entwickelt habe? Eine gefährliche Waffe! Die sich, wenn keine äußere Not unsere Sicherheit bedroht, nur allzuoft gegen uns selbst wendet. Wohl uns, wenn sie ruht, wenn die grelle und zehrende Flamme des Bewußtseins die Welt um uns und in uns hinlänglich abgeleuchtet und wir unserm eigentlichen und glücklichen Zustand uns wieder überlassen dürfen!

Allein wenn es die Not ist, die uns weckt, so ist es doch sie nicht, die uns eigentlich dem Schlafe entfremdet. Willst du mir glauben, daß ich die Schlaflosigkeit aus Gram und Sorge nicht kenne? Die rechte Inbrunst ist in meinen Schlaf wohl erst gekommen, als das erste Lebensalter der Freiheit und Unantastbarkeit vorüber war und die Widrigkeit des Lebens in Gestalt der Schule meinen Tag zu entstellen begann. Ich habe nie köstlicher geschlafen als in gewissen Nächten zwischen Sonntag und Montag, wenn nach einem geschützten Tage, an welchem ich mir und den Meinen hatte gehören dürfen, der nächste wieder mit fremdem und hartem Ungemach drohte. So ist es geblieben: Nie schlafe ich tiefer, nie halte ich süßere Heimkehr in den Schoß der Nacht, als wenn ich unglücklich bin, wenn meine Arbeit mißlingt, Verzweiflung mich niederdrückt, Menschenekel mich ins Dunkel scheucht ... und wie, frage ich, kann es anders sein, da doch Kummer und Pein unmöglich unsere Anhänglichkeit an den Tag und die Zeit zu verstärken imstande sind?

Du wirst lächeln, wenn ich dir sage, daß ich jedem Bette, in dem ich irgend einmal eine längere Zeit geschlafen, eine genaue und dankbare Erinnerung bewahre – jedem einzelnen, von dem kleinen Gitterbettchen mit grüner Gardine, das mein erstes war, bis zu der gewichtigen Mahagoni-Lagerstatt, in der ich geboren worden bin und die durch eine Reihe von Jahren in meinen Junggesellenquartieren aufgeschlagen stand. Jetzt habe ich ein leichteres Bett, ein englisches, weiß lackiertes, das Kopf- und Fußende anmutig durchbrochen, und darüber hängt in weißem Rahmen jenes französische Bild, das »Marche à l'étoile« heißt und in seiner hinsterbend blauen, schwimmend musikalischen Stimmung der schönste Alkovenschmuck ist, den ich mir denken kann ... Du wirst lächeln, sage ich – und doch, welchen außerordentlichen Rang nimmt unter dem Hausrat das Bett ein, dies metaphysische Möbelstück, in dem die Mysterien der Geburt und des Todes sich vollziehen, dies duftige Linnengehäuse, worin wir, warm, unbewußt und mit emporgezogenen Knien wie einst im Dunkel des Mutterleibes, wieder angeschlossen gleichsam an den Nabelstrang der Natur, Nahrung und Erneuerung an uns ziehen auf geheimnisvollen Wegen ... Ist es nicht wie ein Zaubernachen, der über Tag verdeckt und unscheinbar seinen Winkel einnimmt, und in dem wir jeden Abend hinausschaukeln auf das Meer des Unbewußtseins und der Unendlichkeit?

Das Meer! Die Unendlichkeit! Meine Liebe zum Meer, dessen ungeheure Einfachheit ich der anspruchsvollen Vielgestalt des Gebirges immer vorgezogen habe, ist so alt wie meine Liebe zum Schlaf, und ich weiß wohl, worin diese beiden Sympathien ihre gemeinsame Wurzel haben. Ich habe in mir viel Indertum, viel schweres und träges Verlangen nach jener Form oder Unform des Vollkommenen, welche »Nirwana« oder das Nichts benannt ist, und obwohl ich ein Künstler bin, hege ich eine sehr unkünstlerische Neigung zum Ewigen, sich äußernd in einer Abneigung gegen Gliederung und Maß. Was *dagegen* spricht, glaube mir, ist Korrektur und Zucht, ist, um das ernsteste Wort zu gebrauchen, *Moral* ... Was ist Moral? Was ist die Moral des Künstlers?

Moral hat ein doppeltes Gesicht, sie ist sowohl Sammlung als Hingebung, und eins ohne das andere ist niemals sittlich. Was »Sammlung« sei, jenes schöpferische Gegenteil der Zerstreuung, von welchem Grillparzer seinen Priester so herrliche Worte sagen läßt, das will empfunden sein; und ist es nicht seltsam, daß eine bestimmte Vorstellung mir immer wieder die tiefste Empfindung des Wortes vermittelt – die Vorstellung nämlich von dem Zustandekommen des Fötus im Leibe der Mutter? Unser Kopf, denke dir, ist nicht auf einmal rund und fertig, so daß er als Ganzes dann nur noch zu wachsen brauchte: das Antlitz ist anfänglich vorne offen, es wächst von beiden Seiten allmählich nach der Mitte zusammen, es *schließt* sich langsam und sicher zusammen zu diesem unseren symmetrischen, schauenden, wollenden, individuell-konzentrierten Ich-Gesicht ... sieh, und dieses Sich zusammenschließen, Sich abschließen, Sich zur entschiedenen Gestalt herausbilden aus der Welt der Möglichkeiten, diese Vorstellung ist es, die mich zuweilen ahnend verstehen läßt, was sich hier eigentlich *hinter* der Erscheinung vollzieht. Mir ist dann, als sei alles individuelle Dasein als Folge zu begreifen eines übersinnlichen Willensaktes und *Entschlusses zur Konzentration*, zur Begrenzung und Gestaltung, zur Sammlung aus dem Nichts, zur Absage an die Freiheit, die Unendlichkeit, an das Schlummern und Weben in raum- und zeitloser Nacht – eines *sittlichen* Entschlusses zum Sein und zum Leiden. Ja, Werden ist bereits moralisch – und was meinte wohl sonst jener christliche Spruch: Unsere größte Sünde sei, daß wir geboren wurden? Nur der Spießbürger glaubt, daß Sünde und Moralität entgegengesetzte Begriffe seien: sie sind eins; ohne die Erkenntnis der Sünde, ohne die *Hingabe* an das Schädliche und Verzehrende ist alle Moralität nur läppische Tugendhaftigkeit. Nicht Reinheit und Unwissenheit sind der im sittlichen Sinne wünschenswerte Zustand, nicht egoistische Vorsicht und die verächtliche Kunst des guten Gewissens machen das Sittliche aus, sondern der Kampf und die Not, die Leidenschaft und der Schmerz. »Wer« – steht irgendwo bei Heinrich v. Kleist – »das Leben mit Sorgfalt liebt, moralisch tot ist er schon, denn seine höchste Lebenskraft, es opfern zu können, modert, indem er es pflegt.« Und das sittlichste Wort der Evangelien lautet: »Widerstehe nicht dem Bösen.«

Die Moral des Künstlers ist Sammlung, sie ist die Kraft zur egoistischen Konzentration, der Entschluß zur Form, Gestalt,

Begrenzung, Körperlichkeit, zur Absage an die Freiheit, die Unendlichkeit, an das Schlummern und Weben im unbegrenzten Reich der Empfindung – sie ist mit einem Wort der Wille zum Werk. Aber unedel und unsittlich, blutlos und widrig das Werk, das aus der kalten, klugen und tugendhaften Geschlossenheit eines Künstlertums geboren ward! Die Moral des Künstlers ist Hingebung, Irrtum und Selbstverlust, sie ist Kampf und Not, Erlebnis, Erkenntnis und Leidenschaft.

Moral ist ohne Zweifel die höchste Angelegenheit des Lebens, sie ist vielleicht der Wille zum Leben selbst. Allein wenn es mehr ist als eine Theatersentenz, daß das Leben der Güter Höchstes nicht sei, so muß es etwas Höheres und Endgültigeres geben als diesen Willen, und wie die Moral eine Korrektur und Disziplinierung des Freien und Möglichen zum Begrenzten und Wirklichen ist, so bedarf auch sie wiederum eines Korrektivs, einer Richtigstellung, einer unaufhörlichen, nie ganz zu überhörenden Mahnung zur Einkehr und Abkehr ... Nenne es Weisheit, dieses Korrektiv – und sein Gegenteil wird die Torheit des Mannes sein, welcher der Zeit und dem Tage mit so verblendetem Eifer anhing, daß er dem Schlafe fluchte. Nenne es Religiosität – und sein Gegenteil ist jene heidnisch gebundene Tierheit, die mit der Schnauze am Erdboden haftet und über sich den großen Frieden der Sterne nicht sieht. Nenne es Vornehmheit – und sein Gegenteil ist die Gemeinheit, die sich völlig und ohne Sehnsucht im Leben und in der Wirklichkeit zu Hause fühlt und eine höhere Heimat nicht kennt: wie es denn Menschen gibt von so unsterblicher Gemeinheit und Tüchtigkeit, daß man nicht denken kann, sie könnten jemals sterben, könnten jemals der Weihe und Verklärung des Todes teilhaftig werden.

Daß nicht die Depression, sondern die Leidenschaft, das, was Gotama Buddha das »Anhangen« nennt, das hitzige Engagement unseres Ich an Tag und Tun uns den Schlaf raubt, ist von mehr als nervöser Bedeutung: es bedeutet, daß unsere Seele die Heimat verloren hat, sich im Eifer so weit von ihr entfernte, daß sie nicht mehr zurückfinden kann. Aber scheint es nicht, daß gerade die größten und stärksten unter den Menschen der handelnden Leidenschaft sich jederzeit leicht »zurückfinden«? Ich hörte, daß Napoleon einschlafen konnte, wann er wollte, am Tag, unter Menschen, im Lärm einer schwankenden Schlacht ... und denke ich daran, so steht mir jenes Bild vor Augen, dessen Kunstwert nicht eben hoch sein mag, dessen Anekdote aber stets einen unendlichen Reiz auf mich ausgeübt hat. Es heißt »C'est Lui« und schildert eine dürftige Bauernstube, deren Bewohner, Mann, Frau und Kinder, sich in scheuem Schauen bei der offenen Tür aneinander drängen. Denn dort, in der Mitte des Zimmers, aufrecht an dem schlechten Tisch, sitzt der Kaiser und schläft. Er sitzt dort, dies Sinnbild egoistischer und expansiver Leidenschaft, hat den Degen abgetan, die schlaffe Faust auf den Tisch gestützt, das Kinn auf die Brust gesenkt und schläft. Er braucht keine Stille, keine Dunkelheit, kein Kissen, um die Welt zu vergessen; er hat sich auf irgend einen harten Stuhl gesetzt, hat seine Augen zugetan, hat alles zurückgelassen – und schläft. –

Der ist gewiß der Größte, welcher der Nacht die Treue und Sehnsucht wahrt und dennoch die gewaltigsten Werke des Tages tut. Darum liebe ich das Werk am meisten, das aus der »Sehnsucht hin zur heiligen Nacht« geboren wurde und gleichsam trotz seiner selbst dasteht in seiner Willens- und Schlummerherrlichkeit – ich meine den »Tristan« von Richard Wagner.

Entstehungsgeschichte, Quellenlage und Rezeption

Einige Gedanken dieses Essays gehen auf Einträge im 7. Notizbuch zurück, sie sind hier im Stellenkommentar verzeichnet. Die stilisierte Anrede an den »Freund!«, der rhetorische Duktus und die Komposition sprechen dagegen, dass es sich um die Antwort auf eine Anfrage oder überhaupt um eine Gelegenheitsschrift handelt.

Der Text stellt sich bereits mit der Überschrift, die durch das Ausrufezeichen als Anrede markiert ist, in eine lange Tradition poetischer Apostrophen des Schlafes – Lobpreisungen seiner Macht, Bitten um sein Erscheinen und hymnische Anrufungen. Deren früheste Thomas Mann bekannte Zeugnisse sind die *Ilias* des Homer – in der Hera den Hypnos, »den Schlaf, den leiblichen Bruder des Todes« anredet: »Mächtiger Schlaf, der Menschen und ewigen Götter Beherrscher« (XIV. Gesang, V. 233 ff.; Voß' Übersetzung) –, und die *Odyssee*, in deren II. Gesang zuerst das Epitheton »süß« erscheint (γλυκύσ, V. 395). Süßigkeit und Todesverwandtschaft gehören fortan zu den festen poetischen Attributen des Schlafes. Über die Homerischen Hymnen, die *Metamorphosen* des Ovid, über Seneca und viele andere wird diese Schlafespoesie an die mittel- und neulateinische Dichtung vermittelt, von der aus sie unter anderem auch in die deutschsprachige Dichtung einzieht – etwa in Mörikes Übertragung des Gedichtes *Somne levis! quamquam certissima mortis imago* (des Lemgoer Humanisten Heinrich Meibom) in sein *An den Schlaf*: »Schlaf! süßer Schlaf! obwohl dem Tod wie du nichts gleicht«, vor allem aber in Goethes »An den Schlaf« und in die Schlussszene von *Egmont* (dort wörtlich: »Süßer Schlaf!«). Im Blick auf diese Tradition ist es auch denkbar, dass es sich bei dem mehrfach angeredeten »Freund!« nicht um einen fiktiven Gesprächspartner handelt, dem der Dichter vom Schlaf erzählt, sondern um den mythologisch personifizierten Schlaf (Hypnos) selbst.

Mit seinen ethischen und ästhetischen Reflexionen, die grundlegende gedankliche und metaphorische Antinomien des Frühwerks durchspielen, gehört dieser Text zu den folgenreichsten in Thomas Manns früher Essayistik; umfangreiche Teile daraus werden in späteren Texten wiederaufgenommen. In der Rundfrage-Antwort [›*Braucht man zum Dichten Schlaf und Zigaretten?*‹] hat Thomas Mann selbst ihn 1927 charakterisiert: Dem Schlaf, der »köstlichen Einrichtung zu Ehren, die den Hauptgegenstand Ihrer Rundfrage bildet, habe ich einmal ein Lied gesungen. Es war ein bewegter Aufsatz, betitelt ›Süßer Schlaf‹, der eingegangen ist in den Essayband ›Rede und Antwort‹ und, aus natürlichen Gründen, unter allem, was ich je an Direktheiten vorgebracht, die meisten Freunde gefunden hat.« (GW XI, 764–766, Zitat S. 764)

Die »kleine Komposition« (ebd.) metaphorisiert und abstrahiert Schlaf und Wachen – vermittelt durch die Adaption von Mesmers spekulativer Naturphilosophie, Schopenhauers philosophischer Deutung des Schlafes, Anklänge an die Romantiker, an Nietzsches *Geburt der Tragödie* und Wagners *Tristan* – zu Gegensatzpaaren wie Aktivität und Passivität, Selbstbewusstsein und Bewusstlosigkeit, »ästhetischer Anschauung« und Überlassung an den »Willen«, Form und Formlosigkeit, (apollinischer) »Konzentration« und (dionysischer) »Freiheit«, »Passionsweg des Lebens« und Todessehnsucht. Durchgängig klingen in den Metaphern des Textes über die antikisierenden Reminiszenzen hinaus romantische Wendungen an. Vor allem die Bilderwelt von Novalis' *Hymnen an die Nacht* (vgl. bereits Nb. I, 155), Brentanos und Eichendorffs Gedichten wird mehrfach umspielt, ohne dass sich wörtliche Übernahmen nachweisen ließen (»die heimatliche Nacht«, »süßere Heimkehr in den Schoß der Nacht«, Schlaf als »Zaubernachen«); auch die Bilder des Elysiums verweisen auf diese Tradition. Davon kaum zu trennen sind hier die Musikdramen Richard Wagners (vgl. die 8. Notiz zu *Geist und Kunst*, in der die Abhängigkeit Wagners von Novalis betont wird) – vom wörtlich zitierten *Tristan* (mit der Formel »O süße Nacht!«; Wagner, *Schriften* VII, 49 f.) bis zu Kundrys Schlafessehnsucht im *Parsifal*

(*Schriften* IX, 327 u. 338). Auf den »Nachtkultus« des *Tristan* wird Thomas Mann in *Leiden und Größe Richard Wagners* zurückkommen (GW IX, 400).

Mesmers Analogisierung von Schlaf und Wachen mit vegetativem Zustand und »Geist« und seine spekulative Proklamation des jeweils ersteren als des Natürlich-Ursprünglichen, die in den Essay weitgehend wörtlich übernommen werden (vgl. hierzu den Stellenkommentar), entsprechen der metaphysischen Deutung des Schlafes im zweiten Band von Schopenhauers *Die Welt als Wille und Vorstellung* (2. Buch, 19. Kapitel: *Vom Primat des Willens im Selbstbewußtseyn*). Dort ist im 12. Abschnitt vom Schlaf in Wendungen die Rede, die in Thomas Manns Essay z. T. wörtlich wiederaufgegriffen werden. So schreibt Schopenhauer, nichts beweise »deutlicher die sekundäre, abhängige, bedingte Natur des *Intellects*, als seine periodische Intermittenz. Im Schlaf hört alles Erkennen und Vorstellen auf.« Auch das Attribut des »süßen« Schlafes taucht hier beiläufig auf: »Das Gehirn, mit seiner Funktion des Erkennens, ist nichts weiter, als eine vom Willen, zu seinen draußen liegenden Zwecken, aufgestellte *Vedette*« (ein Wachtposten), die es »gern sieht, wenn sie, nach verrichteter Wacht, wieder eingezogen wird; wie jede Wache gern wieder vom Posten abzieht. Dies Abziehn ist das Einschlafen, welches daher so süß und angenehm ist und zu welchem wir so willfährig sind«. Der Hinweis auf das schlafliebende Neugeborene und den »Embryo, welcher gar erst den Leib noch zu bilden hat« und daher fortwährend schläft, finden sich schon hier, ebenso die Idee einer wechselseitigen Bedingtheit von gesteigertem Wachsein und Tiefe des Schlafes sowie der daraus resultierende Zusammenhang zwischen Schlafbedürfnis und Größe: »Thiere von bedeutender Intelligenz schlafen tief und lange. Auch Menschen bedürfen um so mehr Schlaf, je entwickelter [...] und je thätiger ihr Gehirn ist. [...] Denn je vollkommener wach Einer ist, d. h. je klärer und aufgeweckter sein Bewußtseyn, desto größer ist für ihn die Nothwendigkeit des Schlafes, also desto tiefer und länger schläft er.« Schließlich wird hier auch die Anstrengung des sich vom Willen emanzipierenden und zur »ästhetischen Auffassung« gelangenden Bewusstseins betont: »Ueberhaupt bestätigt das Phänomen des Schlafes ganz vorzüglich, daß Bewußtseyn, Wahrnehmen, Erkennen, denken, nichts Ursprüngliches in uns ist, sondern ein bedingter, sekundärer Zustand. Es ist ein Aufwand der Natur«, weshalb denn »das Erkennen um so reiner und vollkommener ist, je mehr es sich vom Willen losgemacht und gesondert hat, wodurch die rein objective, ästhetische Anschauung eintritt«. (Zu weiteren Schopenhauer-Bezügen vgl. Wysling 1982, S. 76.) Die ebenfalls aus dem 7. Notizbuch übernommene Wendung von der »Abneigung gegen Gliederung und Maß« (Nb. II, 119), die Kontrastierung von »Sammlung« und »Hingebung«, »Begrenzung« und »Freiheit«, »Gestaltung« und »Nichts« usf. spielen auch auf die Opposition von »Apollinischem« und »Dionysischem« in Nietzsches *Geburt der Tragödie* an.

Der Gedanke einer dialektischen Einheit von »Sünde und Moralität« (S. 96 f.), der hier das Spiel mit den Gegensatzpaaren fortsetzt, wird in mehreren späteren Werken wörtlich wiederaufgenommen, zunächst in den *Betrachtungen eines Unpolitischen* (GW XII, 399 f.):

> Der Moralist unterscheidet sich von dem Tugendhaften dadurch, daß er dem Gefährlich-Schädlichen offen ist; daß er, wie es im Evanglium heißt, »dem Bösen nicht widersteht«, – was der Tugendbold allewege mit dem achtbarsten Erfolge tut. Was ist das Gefährlich-Schädliche? Seelenhirten nennen es die *Sünde*. Aber auch dies schwere, schaudervolle Wort ist eben nur ein Wort und verschiedentlich zu gebrauchen. Es gibt Sünde im Sinne der Kirche und Sünde im Sinne des Humanismus, der Humanität, der Wissenschaft, der Emanzipation des ›Menschen‹, auf jeden Fall ist ›Sünde‹: *Zweifel*; der Zug zum Verbotenen, der Trieb zum Abenteuer, zum Sichverlieren, Sichhingeben, Erleben, Erforschen, Erkennen, sie ist das Verführende und Versucherische … Diesen Trieb unsittlich zu nennen werden nur Spießbürger sich beeilen; daß er sündig ist, leugnet niemand.

Im *Walpurgisnacht*-Kapitel des *Zauberberg* – in dem später auch Peeperkorn den Schlaf und »seine tiefe, süße, labende Wollust« preisen wird (GW III, 789) – erläutert dann auch Hans Castorp seine Gedanken über Moral gegenüber Clawdia Chauchat mit Formulierungen, die aus dem *Schlaf*-Essay übernommen sind (GW III, 473). Den Grundgedanken des Essays eng benachbart ist schließlich auch eine Passage zu Beginn des *Felix Krull*, in der Felix eine »verborgene Zusammengehörigkeit und Übereinstimmung« zwischen seiner angeborenen »Schlaflust« und seinem »großen Lebens- und Liebesdrang« behauptet (GW VII, 270).

Die in *Süßer Schlaf* zuerst formulierten Synthese-Entwürfe entsprechen einer Denkfigur, die im Frühwerk sonst noch kaum, in späteren Texten aber (gegen die hier so oft zugespitzte Antinomien) um so entschiedener vertreten wird. Die proklamierte Vereinigung von Treue zur Nacht und Werken des Tages nimmt die Proklamation eines »Lebens« vorweg, das »vom Tode weiß« (vgl. Thomas Manns *Tischrede bei der Feier des fünfzigsten Geburtstags*, GW XI, 368). Am direktesten wird der Essay in *Joseph in Ägypten* zitiert (*Joseph wächst wie an einer Quelle*, GW V, 936 f.): Die erste der »wohllautende[n] Einflüsterungen«, die Joseph »am Tagesende« für Mont-kaw bereithält, ist wörtlich aus Teilen des Textes übernommen, der sogar indirekt genannt wird (»und der süße Schlaf senke sich auf dich«; ebd., 937). Wie der Segen des Schlafes, so wird auch der Gedanke seiner gefährdenden Todesnähe wenig später durch den Erzähler wiederaufgegriffen (*Bericht von Mont-kaws bescheidenem Sterben*, GW V, 987). Verwirklicht wird die früher nur postulierte Synthese dann erst durch Joseph selbst (z. B. *Urim und Tummim*, GW V, 1508), auf dem der Segen aus der (Schlafes-) Tiefe liegt und der Segen von oben.

Textlage

Der Essay erschien zuerst in der Wiener *Neuen Freien Presse* vom 30. Mai 1909 (= Druckvorlage) und wurde dann in RuA (als abschließender Text der Sammlung), AuN, GWA 12, GW XI, ARE I und E I aufgenommen. Nur im Erstdruck und danach in E I steht in der Überschrift das Ausrufezeichen.

Stellenkommentar

93 4 *Lethetrank*] Was Thomas Mann als »Schatten«-Welt und »heiligen Hain« des Schlafes beschreibt, ist ein Bild des Elysiums. Als Quelle hat Thomas Mann hier möglicherweise Friedrich Nösselts – auch sonst häufig herangezogenes – *Lehrbuch der griechischen und römischen Mythologie*. Leipzig [4]1853 gedient. Dort heißt es über die Unterwelt: »Damit kein Ungeweihter das Elysion beträte, so war es rings vom Flusse *Lethe*, dem Flusse der Vergessenheit, umflossen. Aus seinen silbernen Fluthen tranken die seligen Schatten, und alsbald waren alle trüben Erinnerungen ihrem Gedächtnisse entschwunden. Nun wandelten sie in einer angenehmen Dämmerung, längs krystallenen Bächen, auf herrlich grünenden Wiesen, über köstlich duftende Blumen, und horchten dem Gesange der Vögel; oder sie traten in schöne Wäldchen, durchschritten wohlriechende Lorbeerhaine, und wurden von den sanftesten Winden umweht. [...] Hier herrschen weder Langeweile, noch die Leidenschaften, welche das Glück der Menschen auf Erden trüben.« (S. 60)

20 *heiliger Hain*] Vgl. Thomas Manns Hinweis auf Arnold Böcklins (1827–1901) Gemälde *Heiliger Hain* in dem kurzen Essay [*Maler und Dichter*] (hier S. 000) und ausführlicher in den *Betrachtungen eines Unpolitischen* (GW XIII, 478 f.).

94 2–3 *Märchen vom Mann ohne Schlaf*] Eine literarische Vorlage konnte nicht ermittelt werden – vielleicht nur mündliche Überlieferung?

21 *Mesmer*] Franz Anton Mesmer (1734–1815), Arzt und Magnetiseur. Thomas Manns Quelle ist unbekannt; der zitierte Satz findet sich in Mesmers *Allgemeinen Erläuterungen über den Magnetismus und den Somnambulismus*. Halle / Berlin 1812, S. 50 ff. Im 7. Notizbuch vermerkt Thomas Mann um 1901/02: »Mesmer betont die Möglichkeit, daß der *Schlaf* (als solchen bezeichnet er das Leben der Pflanze) der dem Menschen natürliche, ursprüngliche Zustand sei: dem Zweck

des Vegetirens am unmittelbarsten entsprechend. ›Könnte man nicht behaupten, daß wir nur wachen, um zu schlafen?‹ – Nach Darwin: der Geist nur als Waffe im Daseinskampf entwickelt?« (Nb. II, 75)

95 12 *zwischen Sonntag und Montag*] Ähnlich Hanno Buddenbrook (vgl. GKFA 1.1, 000).

13 *geschützten*] Nach RuA korrigiert (wie auch in E 1); im Erstdruck: »geschätzten«.

31 *»Marche à l'étoile«*] Vermutlich ist die gleichnamige Lithographien-Serie von Henri Rivière gemeint (so Wysling in DüD I, 293).

96 1 *Alkovenschmuck*] Ein Alkoven ist eine Bettnische.

13 *Liebe zum Meer*] Ein lebenslang wiederholtes Motiv im Werk Thomas Manns. Im Frühwerk vor allem in *Buddenbrooks*, im 7. Kapitel des *Tonio Kröger*, in *Der Tod in Venedig*; auch im Kapitel *Strandspaziergang* des *Zauberberg* (GW III, 756).

17 *Ich habe in mir viel Indertum*] Ähnlich gegenüber dem Bruder: »Ich, der ich sonst von einer wahrhaft indischen Passivität bin« (27. März 1904; TM / HM, 52), und im 7. Notizbuch: »Zu meinem ›Inderthum‹ gehört eine sehr unkünstlerische Neigung zum Ewigen, sich äußernd in einer Abneigung gegen Gliederung und Maaß. Was scheinbar dagegen spricht, ist Correktur.« (Nb. II, 119)

24 *Moral*] Ebenso wie die späteren Reflexionen über »Sünde und Moralität« wiederaufgenommen im *Zauberberg*; vgl. hier zur Entstehungsgeschichte.

28 *Grillparzer*] Im Trauerspiel *Des Meeres und der Liebe Wellen* spricht der Oberpriester am Anfang des 3. Aufzugs über die Sammlung und nennt sie, die aus Nebel und Zwielicht tausend Sterne bildet, »den mächtigen Weltenhebel, / Der alles Große tausendfach erhöht / Und selbst das Kleine näher rückt den Sternen«.

31–32 *Zustandekommen des Fötus*] Die biologischen Beobachtungen und ihre Deutung, auf die Thomas Mann hier anspielt, waren kurz zuvor von Ernst Haeckel in seinen *Prinzipien der generellen Morphologie der Organismen* (1906) ausführlich erörtert worden. Es ist nicht mehr festzustellen, ob Thomas Mann sein Wissen direkt daraus oder aus

Zeitungen und Vorträgen bezog. Die Lektüre von Haeckels populärem Werk *Die Welträtsel* in der Volksausgabe – über das er sich in den *Betrachtungen* dann abfällig äußern wird (GW XII, 167) – merkt er im 6. und im 7. Notizbuch vor (Nb. I, 293 u. Nb. II, 92); in seiner Bibliothek hat sich Haeckels umfangreiches Werk *Kunst-Formen der Natur* (Leipzig / Wien [1899] – 1904) erhalten.

97 17 *jener christliche Spruch*] Sigismund im 1. Aufzug von Calderóns Schauspiel *Das Leben ein Traum*, von Schopenhauer zitiert in § 51 von *Die Welt als Wille und Vorstellung*.

26 *steht irgendwo bei Heinrich v. Kleist*] In Kleists Brief an Wilhelmine von Zenge vom 21. Juli 1801: »Das Leben ist das einzige Eigenthum, das nur dann etwas werth ist, wenn wir es nicht achten. [...] Wer es mit Sorgfalt liebt, moralisch todt ist er schon, denn seine höchste Lebenskraft, nämlich es opfern zu können, modert, indessen er es pflegt.«

29–30 *»Widerstehe nicht dem Bösen«*] Jesus in der Bergpredigt (Mt 5,39), hier vermutlich (samt dem Kontext) zitiert nach Nietzsche, *Der Antichrist*, Nr. 29: »die Unfähigkeit zum Widerstand wird hier [bei Jesus] Moral (›widerstehe nicht dem Bösen‹ das tiefste Wort der Evangelien, ihr Schlüssel in gewissem Sinne)« (KSA 6, 199 f.) oder nach Tolstois (von Nietzsche rezipierter) Schrift *Worin besteht mein Glaube?*, vielleicht auch zitiert nach dem 2. Band von *Leo N. Tolstois Biographie und Memoiren.* [...] hrsg. von Paul Birukof und durchgesehen von Leo Tolstoi. Wien / Leipzig 1909, S. 529 f.

98 11–12 *das Leben der Güter Höchstes nicht*] Anspielung auf die Schlussverse von Schillers Drama *Die Braut von Messina*: »Das Leben ist der Güter höchstes *nicht*, / Der Übel größtes aber ist die *Schuld*.«

26–27 *von so unsterblicher Gemeinheit*] Wörtliche Übernahme aus dem 6. Notizbuch (1901): »P. [Paul Ehrenberg] ist so gemein, daß man nicht glauben kann, er könne jemals sterben. Er ist der Weihe und Verklärung des Todes nicht werth.« (Nb. I, 294) Der Satz wird im 7. Notizbuch mit dem Zusatz »(kaum der des Schlafes)« wiederholt (Nb. II, 93). Der Gedanke findet sich auch in *Buddenbrooks* (GKFA 1.1, 000).

98 30–32 *Daß nicht die Depression … den Schlaf raubt*] Wiederaufnahme aus dem 7. Notizbuch: »Daß die Leidenschaft, das sündige Engagement des Ich den Schlaf raubt.« Als Beleg wird dazu Goethes Gedicht »Der Schäfer« zitiert (Nb. II, 100).

31 *Buddha*] Die Stelle greift zurück auf Exzerpte »Aus Gatamo [sic] Buddha's Erkenntnislehre« im 9. Notizbuch (Nb. II, 167 f.). Die Quelle konnte nicht ermittelt werden; in Thomas Manns Nachlassbibliothek ist der Reclam-Band *Buddhas Leben und Wirken* erhalten (»nach der chinesischen Bearbeitung von Açvagoshas Buddha-Carita und deren Übersetzung in das Englische durch Samuel Beal, in deutsche Verse übertragen von Th. Schultze«, Besitzvermerk: »Thomas Mann [18]97«; vgl. Wysling 1982, S. 328). Das Interesse am Buddhismus ergab sich wohl aus der Beschäftigung mit der buddhistisch beeinflussten Philosophie Schopenhauers. Im Notizbuch werden Buddhas Lehren über die Entstehung von »Schmerz und Jammer, Leiden, Trübsal, Verzweiflung« resümiert: »der Wille ist die Wurzel des Leidens.« Seine Erscheinungsform ist das »Anhangen« des Menschen »an der Form, […], am Gefühl, […] an der Wahrnehmung, […] an der Unterscheidung, […] am Bewußtsein.«

99 5–6 *Napoleon*] Das Gemälde wurde nicht ermittelt; es handelt sich um ein beliebtes Sujet der populären Napoleon-Verehrung, vgl. etwa *La Méditation* von François Flamen. – Der Hinweis auf Napoleons sagenhafte Schlafbegabung findet sich bereits im 7. Notizbuch: »Ein geborener Quietist und Inder, sehr fähig, einzuschlafen, die körperliche Umgebung zu vergessen, sobald er die Augen geschlossen [,] und ins Nirvana zu sinken. (Napoléon).« (Nb. II, 117)

21–23 *Der ist gewiß … Tages tut.*] In Formulierung und Inhalt nahe dem ›Ergebnissatz‹ des *Zauberberg*: »Ich will dem Tode Treue halten in meinem Herzen, doch mich hell erinnern, daß Treue zum Tode und Gewesenen nur Bosheit und finstere Wollust und Menschenfeindschaft ist, bestimmt sie unser Denken und Regieren. *Der Mensch soll um der Liebe und Güte willen dem Tode keine Herrschaft einräumen über seine Gedanken.* Und damit wach' ich auf …« (GW III, 686)

BRIEFE I

1889 – 1913

Ausgewählt und herausgegeben von
Thomas Sprecher, Hans R. Vaget
und Cornelia Bernini

Band 21

VORWORT

(Auszug)

In dem immensen Gesamtwerk Thomas Manns bilden die Briefe neben den Erzählungen und Romanen, neben den essayistischen Schriften und neben den Tagebüchern einen eigenen, umfänglichen Komplex. Das Briefschreiben war für diesen Autor von den Anfängen bis zuletzt eine Kunstübung, an die er höchste Ansprüche stellte und auf die er oft ebenso viel Zeit und Gewissenhaftigkeit verwandte wie auf sein übriges Schreiben. Der umständlich geschilderte epistolarische Schreibakt des Schriftstellers Detlev Spinell, der uns im zehnten Kapitel der Novelle *Tristan* vorgeführt wird, vermittelt eine Ahnung davon. Schon für den jungen Thomas Mann hatten Briefe nicht nur den praktischen Zweck der Kommunikation; sie waren ihm ein Medium der Selbstdarstellung und der Selbstfindung. Es sind darüber hinaus Zeugnisse einer außerordentlich engen Verflochtenheit mit seiner Zeit – der »Spätzeit des bürgerlichen, des liberalen Zeitalters« (GW XI, 305) – und somit unverzichtbare Bausteine für eine Mentalitätsgeschichte der Epoche, deren Kind er war und die er repräsentierte wie kein anderer.

Der vorliegende erste Band der gesammelten *Briefe* präsentiert das Briefwerk bis 1913, Thomas Manns 39. Lebensjahr, also bis an die Schwelle jener einschneidenden Epochenzäsur, die über dem bürgerlichen, liberalen Zeitalter den Vorhang niedergehen ließ. Aus den ersten Lübecker Jahren sind nur ganz wenige Briefe überliefert. Dies ändert sich jedoch mit der Übersiedlung nach München, wohin Thomas Mann seiner Mutter folgte. Julia Mann, geborene da Silva-Bruhns, war nach dem frühen Tod ihres Gatten, des Senators Thomas Johann Heinrich Mann, und der von ihm verfügten Liquidierung der Getreidehandlung Johann Siegmund Mann in die sinnenfrohere bayrische Hauptstadt gezogen. Erst mit der Niederlassung in München und der damit verbundenen Trennung von seinem Schulfreund Otto Grautoff beginnen die brieflichen Quellen reichlicher zu fließen.

Nach einer bemerkenswert ruhmlosen Schulzeit – Thomas Mann besuchte, zum Kaufman bestimmt, den realgymnasialen Zweig des renommierten Katharineums und schaffte nach dreimaliger Nichtversetzung erst im Alter von 19 Jahren das so genannte Einjährige, das zu einer verkürzten Militärdienstzeit berechtigte – sind seine Optionen in der neuen Lebenssituation nicht unbegrenzt. Ohne Abitur ist ihm der Zugang zur Universität verwehrt; das zweisemestrige Studium, zu dem er sich nach einem viermonatigen unbezahlten Volontariat bei einer Feuerversicherungsgesellschaft entschließt, absolviert er als Gasthörer an der Technischen Hochschule. Er lebt von einer bescheidenen Rente und betätigt sich als Journalist. Ein gutes Jahr lang beliefert er die nationalkonservative und antisemitische Zeitschrift *Das Zwanzigste Jahrhundert*, die damals von Heinrich Mann geleitet wurde, mit insgesamt acht Beiträgen. Beide Brüder haben später diese Episode aus begreiflichen Gründen verschwiegen. Weit engagierter und literarisch ergiebiger gestaltet sich Thomas Manns Mitarbeit an der satirischen Zeitschrift *Simplicissimus*, für die er, nach seiner Rückkehr aus Italien im April 1898, knapp zwei Jahre tätig ist.

Geichzeitig beginnt er, Novellen zu publizieren, womit er sich einen gewissen Namen macht. Er ist der Überzeugung, »daß die Kurzgeschichte [...] mein Genre sei« (GW XIII, 137). Zunächst sind jedoch mehrere empfindliche Rückschläge, sprich Ablehnungen, zu verarbeiten, bis ihm mit der gründlichen Umarbeitung einer Erzählung, die den Titel *Der kleine Herr Friedemann* erhielt, der literarische Durchbruch gelingt. In einem oft zitierten, weil für sein ganzes Schaffen grundlegenden Brief erklärt er Grautoff (6.4.1897), worin dieser Durchbruch besteht: »Seit dem ›Kleinen Herrn Friedemann‹ vermag ich plötzlich die diskreten Formen und Masken zu finden, in denen ich mit meinen Erlebnissen unter die Leute gehen kann [...].« Es war vermutlich diese Erzählung, die den Verleger Samuel Fischer, nachdem er die gleichnamige, kommerziell keineswegs erfolgreiche Novellensammlung des gänzlich unbekannten Autors herausgebracht hatte, dazu bestimmte, ihn um ein »größeres Prosawerk [...] vielleicht einen Roman« (29.5.1897) zu bitten. Thomas Mann entspricht dieser Bitte mit *Buddenbrooks*, dem entscheidenden Gründungsdokument seines Ruhmes.

Da Thomas Mann seine frühen Tagebücher vernichtet hat, sind wir in erster Linie auf die Briefe angewiesen, wenn wir uns von seiner persönlichen, literarischen und politischen Identitätsbildung ein Bild machen, uns eine Innenansicht seines erstaunlich raschen Aufstiegs zu Ruhm und Größe verschaffen wollen. Den Anfang markiert die rührend-großsprecherische Selbstbezeichnung in einem Brief des Vierzehnjährigen als »lyrisch-dramatischer Dichter« (14.10.1889), wobei die Betonung zunächst auf »lyrisch« zu legen wäre – an dramatischen Versuchen aus der Frühzeit ist nichts überliefert, hingegen besitzen wir eine Reihe von Gedichten. Vierundzwanzig Jahre später, mit der Veröffentlichung von *Der Tod in Venedig* und aufgrund einer – wie nicht nur die Briefe, sondern auch die essayistischen Schriften bezeugen – wachsenden Teilnahme am literarischen Leben der Wilhelminischen Epoche, galt Thomas Mann weithin als einer der führenden Autoren deutscher Zunge. Der zunächst zögernde Erfolg von *Buddenbrooks* sowie der sofortige, durchschlagende Erfolg der *Tristan*-Novellen, zumal des *Tonio Kröger*, legten das solide Fundament seiner Reputation, die, unerachtet vorübergehender Schwankungen, bis heute unerschütterlich zu sein scheint. »Glanz umgibt mich«, schreibt er wenige Jahre später in seiner ersten, geradezu übermütigen Selbstschilderung: »Nichts gleicht meinem Glücke.« (GKFA 14.1, 000)

Die Anspielung auf Wagners Wotan (»Was gleicht, Wotan, wohl deinem Glücke?«) verrät ein verborgenes Wissen um die vielfachen Gefährdungen seines Glückes. In der Tat, der Weg zu Ruhm und Repräsentanz war keineswegs gerade. Davon zeugen die »Depressionen« und »vollkommen ernst gemeinten Selbstabschaffungspläne«, von denen er, in der Zeit des Wartens auf einen Bescheid über *Budden-*

brooks, dem Bruder Mitteilung macht (13. 2. 1901). In einem prekären seelischen Haushalt wie diesem kehren solche Depressionen und Selbstzweifel periodisch wieder. Noch 1913 – *Der Tod in Venedig* lag vor – schreibt er dem Bruder: »Ich bin ausgedient, glaube ich, und hätte wahrscheinlich nie Schriftsteller werden dürfen.« (8. 11. 1913) Solche Selbstzweifel halten jedoch nicht vor. Kennzeichnend für die frühen Lebenskrisen ist vielmehr die schrittweise Erlernung einer Lebensdisziplin, einer Form von Autotherapie, deren entscheidender Kunstgriff darin bestand, seine inneren Gefährdungen im Medium der literarischen Imagination auf fiktive, mehr oder weniger verfremdete Doppelgänger wie Detlev Spinell, Tonio Kröger oder Gustav Aschenbach zu übertragen, zu verarbeiten und so zu bannen; diese erfüllen damit eine Präventivfunktion.

Mit großer Deutlichkeit zeichnen sich in den Briefen die beiden großen Lebensthemen ab, die sich uns heute nach der Veröffentlichung der Tagebücher und anderer persönlicher Zeugnisse, mit einer treffenden Bezeichnung Hermann Kurzkes, als die »produktiven Dunkelzonen« dieser Schriftstellerexistenz darstellen: die beunruhigende Frage seiner sexuellen Identität und das nicht minder komplizierte Verhältnis zum Bruder.

[An Otto Grautoff] [München, September 1894]

Lieber Grautoff.

Für Deinen letzten Brief, den ich mit viel Interesse gelesen habe, sage ich Dir meinen besten Dank. Es ist hübsch von Dir, daß Du mich in Deinen Angelegenheiten so fleißig auf dem Laufenden hältst. Dein Plan, Deine Existenz zu verbessern, scheint den neuen Mitteilungen zufolge etwas mehr Form und Gestalt nun ja angenommen zu haben. »Das riesengroße Vorurteil gegen jeden Künstlerstand«, das Du in Lübeck so fürchtest, scheint mir vor der Hand bei Dir doch nicht in Betracht zu kommen. Es handelt sich in Deiner Angelegenheit doch um keinerlei Künstlertum, sondern Du willst doch *Journalist* werden, und ich sehe nicht ein, warum die betreffenden Herren in Lübeck ihren tragisch lodernden Haß gegen »Schöngeisterei« (das Wort gehört Herrn Tesdorpf) auf obiges, mehr oder weniger doch ehrenwertes Handwerk übertragen sollten. – Nur in puncto puncti – nämlich was das Pekuniäre anbelangt, schüttle ich noch den Kopf, denn ich weiß nicht, wie Du, sollte Deine Mutter darauf eingehen, Dir im Jahre 300 Mark zu geben, mit dieser Summe in Berlin leben willst. Wenn irgend ein Proletarier 700 Mark hat, so ist das furchtbar wenig, und er ist dann sicher Sozialdemokrat. Und Du denkst mit 300 Mark, mit 25 Mark monatlich, – wohliger zu leben als bislang! Weißt Du, daß ein einigermaßen bewohnbares Zimmer in Berlin, wo die Wohnungen allbekanntlich sehr viel teurer sind als etwa hier in München, schon 25 Mark kostet? Wovon willst Du Dich nähren, gesetzt wirklich, Deine Mutter gäbe Dir Kleidung? – *Ich glaube aber nicht daran, daß sie Dir nicht mehr geben kann.* Ich glaube deshalb nicht daran, weil Du bislang in

Brandenburg zu wohnen und zu essen gehabt hast, und weil das ganz ohne Frage viel mehr als 25 Mark monatlich gekostet haben *muß*. Schreibe mir, was Du darüber weißt; wenn ich an die 25 Mark denke, muß ich erwarten, daß Du Dich in Berlin nach den Fleischtöpfen Brandenburgs a/H zurücksehnen wirst. Hunger ist ein stärkerer Drang als Poesie. Am Magen und noch einem Gliede hängt nach Schiller die ganze moralische Welt! – Mein Bruder hatte in Berlin 200 Mark monatlich, – und das ist noch lange nicht zu viel; Herr Ewers hatte 100 Mark monatlich von seinem notorisch geizigen Vater, – und das ist erstaunlich wenig. Mit 25 Mark hat aber noch kein sterblicher Mensch dort gelebt, wenn er es nicht gewohnt war, sein genußreiches Leben in Schutzhaft zu verbringen. –

– Der Name ist schon wieder gefallen, auf welchen den geschickten Übergang ich suchte. Was Du von Herrn Ewers' Auslassungen schriebst, war ja nicht grade gar so neu, aber aufs Neue hat es mich mit Staunen und Ehrfurcht vor ihm erfüllt. Es ist ja allbekannt in deutschen Gauen, daß die Zeitungsschreiber allwissend sind wie Gott in der Höhe, – aber woher Herr Ewers, der seit der albernen »Farbenskizze« kein Wort mehr von mir gelesen hat, weiß, daß ich kein Talent habe, woher noch einmal Herr Ewers, der gottseidank keinerlei Einblick in unsere Familienverhältnisse oder in dasjenige zwischen meinem Bruder Heinrich und mir besitzt, es weiß, daß dieser sich »überhaupt nicht um mich kümmert«, sondern höchstens aus schauerlicher Erhabenheit auf mich armen Idioten herabblickt, – das ist mir ein heiliges Mysterium! – Offen gestanden kenne ich das freundschaftliche Verhältnis zwischen meinem Bruder und mir, das sich noch in letzter Zeit zu wahrhaft brüderlicher Intimität gesteigert hat, denn doch etwas besser als der allzu kluge Herr Ewers und eben so offen gestanden, überlasse ich das Urteil über mein Talent heiteren Sinnes anderen Leuten, als einem obskuren Winkeljournalisten, der ja wirklich einen ganz wunderschönen Schnurrbart haben mag, der aber doch hienieden noch nichts Hehreres vollbracht hat, als für das nötigste Kleingeld ebenso obskure Feuilletonblätter mit nicht eben weltbewegenden Geschichtlein von sitzengebliebenen Sextanern zu begaben, die Du und vielleicht noch einige Leute in Mesopotamien und Feuerland unverzeihlicherweise noch nicht kennen. Solchem Tintenkulitum liegt dann allerdings die Voraussetzung nahe, daß es andere Menschen, die es mit der Kunst ein bischen liebevoller meinen, und denen der Gedanke an Bezahlung bei der Arbeit garnicht kommt, überhaupt ja nicht geben kann, – und die Hypothese des Herrrn Ewers: wenn ich mehr Geld hätte, würde ich »überhaupt das Dichten bleiben lassen« ist darum erklärlich und verzeihlich. Der Mensch kann nicht über sich hinaus denken, sagt Feuerbach; das Wort ist eigentlich anders gemeint, aber man könnte es auch auf Herrn Ewers zur Anwendung bringen.

Das Beste aber, das Großartigste – nein, erlaube mal, hat er das wirklich gesagt, von meiner Handschrift?! Hast Du Dich auch nicht verhört? Nämlich – das übersteigt denn doch Alles! Daß Herr Ewers sich untersteht, über das Talent eines Menschen zu Gericht zu sitzen, von dem er vor Jahr und Tag einmal einen frühen Versuch gelesen, der in kindlichem Überschwang nach albernen Effecten noch haschte, daß er sich nicht entbrechen kann, einen anderen Menschen mit demselben Atemzuge, in welchem er ihn ein Genie nennt, lächerlichen Hochmutes zu beschuldigen, – das kann ich mir alles noch psychologisch erklären. Aber daß er den Leuten kaltblütig erzählt, *ich ahme seine Handschrift nach*, – das ist nun doch ein selbstverliebter Dünkel, der mich einfach unheimlich berührt, der mich positiv krankhaft anmutet, und auf den ich keine andere Antwort finde, als das genialische Sczafranski-Ewer'sche Wort: »Wenn Sie öfters solche Einfälle haben, sollten Sie wirklich etwas dagegen thun«! Was bildet sich denn eigentlich Herr Ewers über seine soziale und geistige Stellung ein, daß er wähnt, man ahme jetzt schon in entzückter Schwärmerei seine Handschrift nach?! – Ich bewahre leider kein Manuskript von ihm und kann also eine eventuelle Ähnlichkeit zwischen seinen und meinen Schriftzügen nicht kontrollieren; sollte aber eine solche wirklich vorliegen, so würde ich mich aus allen Kräften bemühn, sie schleunigst aus der Welt zu schaffen. Nämlich es giebt einige begabte Leute, welche imstande sind, aus der Handschrift eines Menschen dessen Charaktereigenschaften ⟨...⟩

lich einverstanden; – und – ein anderes Thema als der große Publizist und Deine Zukunft lag ja bis jetzt noch nicht vor. Sollte dem nicht abzuhelfen sein? Solltest Du mir nicht z. B. mal Deinen Sudermann-Essai schicken können? Ich würde mich sehr freuen, würde Dir vielleicht ein paar wohlgemeinte Bemerkungen darüber machen können und gern bereit sein, Dir auch von meinen neueren Arbeiten etwas zur Ansicht zu schicken. Dann wäre, wo Du doch, wie Du schreibst, das prachtvolle Gippern verlernt hast, doch wenigstens die Litteratur für unseren Verkehr gerettet. Und Litteratur ⟨...⟩

[An Richard Schaukal] München, d. 8. I. 1902
Ungererstraße 24 I

Lieber, verehrter Herr Doctor!

Gestern trafen »Vorabend« und »Von Tod zu Tod« aus Riva bei mir ein, und heute bekam ich nun auch das reizend ausgestattete »Pierrot und Colombine«. Herzlichen Dank dafür! Ich habe, besonders seit ich wieder »Redakteur« bin, eine überwältigende Menge zu lesen; aber Sie haben mir neulich mit den dramatischen Skizzen einen solchen Appetit gemacht, daß Ihre Sachen nun allem Übrigen vorgehen müssen. Auch werde ich die ›N. D. Rundschau‹ fragen, ob ich ihr darüber schreiben darf.

THOMAS MANN MÜNCHEN, D. 8. I. 1902.

Ungererstraße 24 I

Lieber, verehrter Herr Doctor!

Gestern traf „Verlaine" und „Von Tod zu Tod" aus Nizza bei mir ein, und heute bekam ich nun auch das reizend ausgestattete „Pierrot und Columbine". Herzlichen Dank dafür! Ich habe, besonders seit ich wieder „Lektor" bin, eine überwältigende Menge zu lesen, aber Sie haben mir neulich mit den dramatischen Skizzen einen solchen Appetit gemacht, daß Ihre Sachen nun allem Übrigen vorgehen müssen. Auch werde ich die „N. D. Rundschau" fragen, ob ich ihr darüber schreiben darf.

Ihre beiden Karten habe ich erhalten, aber nichts aus Brünn. Ihre Bemerkungen für „Buddenbrooks" beschämen mich, lieber Herr Doctor. Ich bin tief in Ihrer Schuld und hoffe, mich

Ihre beiden Karten habe ich erhalten, aber nichts aus Brünn. Ihre Bemühungen für »Buddenbrooks« beschämen mich, lieber Herr Doctor. Ich bin sehr in Ihrer Schuld und hoffe, nach und nach ein wenig davon abtragen zu können. Ein Exemplar der ›Abendpost‹ schicken Sie mir doch? Da ich fast nie ins Café gehe, sehe ich nichts. Wenn Sie von der »Gesellschaft« und dem »Magazin« je *zwei* Belegexemplare bekommen, – würden Sie mir eins überlassen?

Nochmals tausend Dank für alle Ihre Aufmerksamkeiten! Gott gebe, daß ich Ihnen bald ausführlicher über Ihre Bücher schreiben kann!

Ihr herzlich ergebener
Thomas Mann.

Haben Sie das ›Litt. Echo‹ mit Buddenbrook-Aufsatz und Porträt gesehen? Das Bild ist alt und könnte ebenso gut den Schah von Persien vorstellen; aber der Artikel ist hübsch.

[An Samuel Fischer] Bad Tölz, den 29. VIII. 09.
Landhaus Thomas Mann.

Lieber Herr Fischer:

Schönsten Dank für Ihren freundlichen Brief, die Abrechnung und so weiter. Ich hatte vollständig vergessen, daß ich noch ein Guthaben für die bisher gedruckten Auflagen von »Buddenbrooks« hatte. Sie hätten mich leicht bemogeln können. Aber vielleicht hätte meine Frau es gemerkt.

Ich schicke heute die letzten Bogen der Buch-Korrekturen von »K[önigliche] H[oheit]« an Sie ab, – *mit* dem Selbstmord Überbeins: es muß dabei bleiben. Natürlich haben Sie vollkommen recht mit Ihren Bedenken: Die Episode schleppt schwer nach und wird als offenkundiger Compositionsfehler getadelt werden. Aber sie zu eliminieren ist mir unmöglich. Ich glaube nicht, daß der

Lieber Herr Fischer:

Schönsten Dank für Ihren freundlichen Brief, die Übersendung und so weiter. Ich hatte vollständig vergessen, daß ich auch die Zuschläge für die bisher gedruckten Auflagen von „Buddenbrooks" habe. Sie hätten mich nicht bemogeln können. Aber richtig hätte meine Frau es gemerkt.

Ich schicke heute die letzten Bogen der Kgl. Korrekturen von „K. H." an Sie ab – *mit* dem Selbstmord Übertrieben: es muß dabei bleiben. Natürlich haben Sie vollkommen recht

Leser Überbein vergessen hat. Sein übles Ende ist vorhergesagt, sein Schicksal muß sich, wie alles Andere, »erfüllen« und zwar in dem Kapitel »Die Erfüllung«. Seinen Tod ins Schlußkapitel zu nehmen wäre kompositioneller Unsinn während er an seiner Stelle bloß eine rhythmische Schwäche ist. Und vielleicht in Wirklichkeit nicht einmal das. Ich habe die Verlobung, die jedermann voraussieht und die als Thatsache keine Wirkung mehr thut, rhythmisch wenig accentuiert und nicht ohne künstlerisches Recht den Ablauf des Überbein-Schicksals, der viel neuer und erzählerisch viel stärker ist, als Kapitel*schluß* genommen. (Was sagt denn Heimann? Der versteht sich auf solche Dinge. Seine Sachen in der Rundschau werden immer besser. Ich habe ungeheueren Respekt vor ihm. – Und wie sympathisch und geschmackvoll er wieder den Waschzettel für die Jubiläumsausgabe abgefaßt hat!) Also: einfach streichen wäre eine Brutalität. Und es besser zu machen war und bin ich zu ungeschickt.

Mit den besten Grüßen
Ihr
T.M.

STELLENKOMMENTAR

[September 1894] an OTTO GRAUTOFF, Regesten-Nr. 94 / 1
Handschriftlicher Brief, fragmentarisch (privat),
abgedruckt in: TM / OG, 3–6.

115 3 *Grautoff*] Otto Grautoff (1876–1937), besuchte mit Thomas Mann die Vorschule und das Katharineum, wobei sie jeweils zugleich versetzt wurden bzw. sitzenblieben und schließlich Ostern 1894 mit der Mittleren Reife abgingen. Grautoff war Mitherausgeber der Lübecker Schülerzeitschrift *Der Frühlingssturm.* 1894–1897 absolvierte er eine Buchhandelslehre in Brandenburg / Havel. Nach kurzem Aufenthalt in Lübeck arbeitete er als Buchhandelsgehilfe in Stettin und Dresden. In diesen Jahren versuchte er, in München Fuß zu fassen und freier Schriftsteller zu werden; ab 1900 Redakteur der Zeitschrift *Jugend* und der *Münchner Neuesten Nachrichten.* Später wandte er sich in München, Paris und der Schweiz dem Studium der französischen Kunst- und Kulturgeschichte zu, war 1914–1919 am Auswärtigen Amt in Berlin tätig, wurde dann Dozent an der Lessing-Hochschule und an der Handelshochschule in Berlin, schließlich Attaché am Institut d'Art et d'Archéologie an der Université de Paris. – Grautoff war Thomas Manns engster Schulfreund und in seinen ersten Münchener Jahren der Empfänger seiner intimsten Mitteilungen.

4 *Für Deinen letzten Brief*] Nicht erhalten; Thomas Mann hat Mitte Februar 1896 alle Briefe Grautoffs verbrannt. Vgl. Brief an Otto Grautoff vom 17. 2. 1896.

12 *in Deiner Angelegenheit*] Grautoff plante, seine Buchhandelslehre in Brandenburg an der Havel aufzugeben und sich in Berlin zum Journalisten auszubilden. Der Plan wurde nicht ausgeführt, Grautoff schloss die Lehre im Juni 1897 ab.

16 *Tesdorpf*] Krafft Tesdorpf (1842–1902), Lübecker Kaufmann, war nach dem Tode des Senators Vermögensverwalter der Familie Mann und Amtsvormund von Thomas Mann.

115 19 *Deine Mutter*] Sophie Amalie Grautoff, geb. Kaven (1836–1903).

116 7 *nach Schiller*] Das Zitat lautet: »Was die Herren da schwatzen! Der Magen und was noch thut Alles, An zwei Gliedern nur hängt die moralische Welt.« Thomas Mann hat es übernommen aus Maximilian Hardens *Apostata* (Berlin 1892). Vgl. Nb. I, 25 und Brief an Richard Schaukal vom 21. 12. 1903.

8 *Berlin*] Dort hatte Heinrich Mann von April 1891 bis Januar 1892 beim S. Fischer Verlag als Volontär gearbeitet.

9 *Herr Ewers*] Ludwig Ewers, Schriftsteller, Journalist und Kritiker (1870–1946); Schulkamerad und früher Freund Heinrich Manns (vgl. HM/Ewers); war seit 1897 politischer Redakteur der *Bonner Zeitung*, seit 1902 der *Leipziger Allgemeinen Zeitung*, ab 1904 der *Königsberger Allgemeinen Zeitung* und seit 1914 der *Hamburger Nachrichten*; veröffentlichte 1915 unter dem Titel *Von Belgien zur Westfront* eine Sammlung von Kriegsberichten.

10 *Vater*] Hartwich Peter Friedrich Ewers (1828–1913), Kaufmann.

20 *»Farbenskizze«*] Um 1893, nicht erhalten. Auf Veranlassung von Ludwig Ewers (vgl. Brief an Otto Grautoff vom 27. 9. [1894]; TM/OG, 9) hatte Thomas Mann die Prosaskizze der Lübecker *Eisenbahn-Zeitung* eingereicht; der Redakteur Telesfor Szafranski lehnte sie jedoch ab. Vgl. [*On Myself*] (1940; GW XIII, 133).

117 4–5 *Geschichtlein von sitzengebliebenen Sextanern*] Ludwig Ewers: *Sitzengeblieben*. In: Ders.: *Kinderaugen*. Skizzen. Dessau 1896. Am 30. 4. 1894 schreibt Heinrich Mann an Ludwig Ewers, »daß die Skizze ›Sitzengeblieben‹ ganz reizend ist und bei uns, als meine Mutter sie vorlas, großen Eindruck machte. Sie ist einfach und fein zugleich mit diskreten sous-entendus, die unter der kindlichen Auffassung, in der die Erzählung gehalten ist, gerade weit genug hervorblicken« (HM/Ewers, 359).

14 *Feuerbach*] Der Philosoph Ludwig Feuerbach (1804–1872), Autor von *Das Wesen des Christentums* (1841), machte den Anthropomorphismus zum Ansatz seiner Religionskritik.

30–31 *Sczafranski-Ewer'sche Wort*] Telesfor Szafranski, Pseud. Teo von Torn (1865–1914), war 1892–1899 Chefredakteur der *Eisenbahn-Zeitung* in Lübeck. – Als Thomas Mann um 1894 auf Rat von Ludwig Ewers der *Eisenbahn-Zeitung* sein Prosastück *Farbenskizze* einreichte, schrieb Szafranski das besagte Wort auf den Absagebrief. Vgl. [*On Myself*] (1940; GW XIII, 133): »In der Redaktion aber saß ein schnoddriger Redakteur aus Berlin, der unter den höflichen gedruckten Ablehnungszettel die Worte schrieb: ›Wenn Sie öfters solche Einfälle haben, sollten Sie wirklich etwas dagegen tun.‹«

118 12–13 *Deinen Sudermann-Essai*] Nicht erhalten.

15–16 *von meinen neueren Arbeiten*] Aus der frühen Münchener Zeit sind folgende Novellentitel belegt (Nb. I, 15 f., 19, 21 f.): *Gefallen* (erschienen in *Die Gesellschaft*), *Mitleid* (wohl eingegangen in *Tobias Mindernickel*), *Sternschnuppe* und *Vergeudet* (nicht nachweisbar), *Der Bureaudichter* und *Um die Kunst* (wohl eingegangen in *Tonio Kröger*) und *Die letzte Cigarette* (nicht ausgeführt).

17 *Gippern*] Vermutlich von Thomas Mann und Otto Grautoff in ihrer gemeinsamen Gymnasiastenzeit erfunden, bedeutet ungefähr »verulken« (vgl. Brief an Otto Grautoff vom 27. 9. [1894]; TM/OG, 9); kommt in den Briefen an Grautoff häufig vor und war auch Heinrich Mann geläufig.

8. 1. 1902 an RICHARD SCHAUKAL, Regesten-Nr. 02/2a
Handschriftlicher Brief (Wiener Stadt- u. Landesbibl.).

118 23 *»Vorabend« und »Von Tod zu Tod«*] Richard Schaukal: *Vorabend. Ein Akt in Versen*. Leipzig [1902]; *Von Tod zu Tod und andere kleine Geschichten*. Leipzig 1902.

25 *»Pierrot und Colombine«*] Richard Schaukal: *Pierrot und Colombine oder das Lied von der Ehe. Ein Reigen Verse*. Leipzig 1902.

27–28 *dramatischen Skizzen*] Richard Schaukal: *Einer der seine Frau besucht und andere Scenen*. Linz/Wien 1902. Vgl. Brief an Richard Schaukal vom 26. 12. 1901 (Reg. 01/37b): »Am letzten Tage meines Rivaner Aufenthaltes habe ich hoch erfreut Ihr Buch in Empfang genommen und heute komme ich endlich dazu, Ihnen meinen herzlichsten Dank zu sagen. Ich erwartete ja dergleichen für die nächste Zeit und rechnete auf etwas Außerordentliches. Dennoch bin ich vollständig überrascht. Das Buch ist entzückend. Welche Leichtigkeit und *mimische Beweglichkeit* des Dialogs! Das ist garnicht zu überbieten! Sie sollten trachten, ›Einer, der seine Frau besucht‹ und den köstlichen ›Brautmorgen‹ auf eine intime litterarische Bühne zu bringen. Die Sachen *müßten* wirken. Die ›Scenen aus einer Gesellschaft junger Leute‹ sind ja zur Darstellung nicht geschlossen genug, aber ihr Werth als culturelles Document ist schwer zu überschätzen. – Ich habe das Buch in *einem* unaufhaltsamen Zuge gelesen; mein Behagen und meine Heiterkeit wuchsen von Seite zu Seite.«

120 5 *›Abendpost‹*] Vgl. Brief an Richard Schaukal vom 14. 11. 1901.

6 *»Gesellschaft«*] Richard Schaukal: *Thomas Mann: ›Buddenbrooks‹*. In: *Die Gesellschaft*, Jg. 18, Bd. 1, H. 3, Februar 1902, S. 198.

6–7 *»Magazin«*] Richard Schaukal: *Thomas Mann: ›Buddenbrooks‹*. In: *Das Magazin für Litteratur*, Jg. 71, Nr. 11, 15. 3. 1902, S. 88.

14 *das ›Litt. Echo‹*] Die Rezension von Kurt Martens (vgl. Brief an Otto Grautoff vom 6. 11. 1901) enthielt eine Fotografie Thomas Manns und seinen Namenszug.

29. 8. 1909 an SAMUEL FISCHER, Regesten-Nr. 09 / 50 a (N 09 / 1)
Handschriftlicher Brief (Pierpont Morgan Library, New York),
abgedruckt in: SF / HF, 408 f.

120 22–23 *»Buddenbrooks«*] Ende August 1909 war die 49. Auflage von *Buddenbrooks* erschienen.

25 *Buch-Korrekturen*] Die Letzte von neun Folgen des Vorabdrucks von *Königliche Hoheit* war im Septemberheft 1909 der *Neuen Rundschau* (Jg. 20, H. 9, S. 1252–1279) erschienen. Der Roman wurde im Oktober ausgeliefert.

26–27 *Selbstmord Überbeins*] Im Kapitel *Die Erfüllung* (GW II, 348–352).

122 6 *Verlobung*] Im Kapitel Die *Erfüllung* (GW II, 337–347).

11 *Seine Sachen*] Zuletzt waren von Moritz Heimann erschienen: *Wickersdorfer Jahrbuch 1908*; *Vorläufige Anzeige*. In: Neue Rundschau, Jg. 20, Bd. 3, H. 7, Juli 1909, S. 1078–1082; *Detlev v. Liliencron*; *›Die enge Pforte‹*. Ebd., H. 8, August 1909, S. 1335 ff. und 1370 ff.

14 *Waschzettel für die Jubiläumsausgabe*] Der Verlag brachte im Frühherbst 1909 einen achtseitigen, aufwendig gedruckten Thomas-Mann-Prospekt heraus, in dem außer für die Neuerscheinung besonders für die Jubiläumsausgabe von *Buddenbrooks* geworben wurde, die als 50. Auflage, gestaltet von Karl Walser, gedruckt in der Unger-Fraktur, in 2000 Exemplaren erschien.

DER ZAUBERBERG

Roman

Herausgegeben und textkritisch durchgesehen von Michael Neumann

Bände 5.1 und 5.2

il est sérieusement malade, ton pauvre cousin."

"Que fit des paysages ?"

"Rien n'y fait pour vivante."

"Que pensait Dufresne de mes paysages ?"

(1) "Peut-être en me montrant ses peintures."

"C'est à dire : en faisant ton portrait !"

(2) "Pourquoi pas. Il t'a plu, ton portrait ?"

"Mais oui, extrêmement. Dufresne a fait la peau très belle, très exacte. J'aimerais beaucoup être portraitiste, moi aussi, pour avoir l'occasion ~~étudier la peau~~ [illegible] d'étudier la peau comme lui !"

DER ZAUBERBERG

Ausschnitt aus dem fünften Kapitel (*Walpurgisnacht*)

»C'est un jeune homme très étroit, très honnête, très allemand.«

»Étroit? Honnête?« wiederholte er. »Ich verstehe Französisch besser, als ich es spreche. Du willst sagen, daß er pedantisch ist. Hältst du uns Deutsche für pedantisch – nous autres allemands?«

»Nous causons de votre cousin. Mais c'est vrai, ihr seid ein wenig bourgeois. Vous aimez l'ordre mieux que la liberté, toute l'Europe le sait.«

»Aimer ... aimer ... Qu'est-ce que c'est! Ça manque de définition, ce mot-là. Der Eine hat's, der Andere liebt's, comme nous disons proverbialement«, behauptete Hans Castorp. »Ich habe in letzter Zeit,« fuhr er fort, »manchmal über die Freiheit nachgedacht. Das heißt, ich hörte das Wort so oft, und so dachte ich darüber nach. Je te le dirai en français, was ich mir dachte. Ce que toute l'Europe nomme la liberté, est peut-être une chose assez pédante et assez bourgeoise en comparaison de notre besoin d'ordre – c'est ça!«

»Tiens! C'est amusant. C'est ton cousin à qui tu penses en disant des choses étranges comme ça?«

»Nein, c'est vraiment une bonne âme, eine einfache, unbedrohte Natur, tu sais. Mais il n'est pas bourgeois, il est militaire.«

»Unbedroht?« wiederholte sie mühsam ... »Tu veux dire: une nature tout à fait ferme, sûre d'elle-même? Mais il est sérieusement malade, ton pauvre cousin.«

»Wer hat das gesagt?«

»Man weiß hier voneinander.«

»Hat Hofrat Behrens dir das gesagt?«

»Peut-être en me faisant voir ses tableaux.«

»C'est-à-dire: en faisant ton portrait!«

»Pourquoi pas. Tu l'as trouvé réussi, mon portrait?«

»Mais oui, extrêmement. Behrens a très exactement rendu ta peau, oh vraiment très fidèlement. J'aimerais beaucoup être portraitiste, moi aussi, pour avoir l'occasion d'étudier ta peau comme lui.«

QUELLENLAGE

(Auszug)

Dass Literatur nicht zum wenigsten aus Literatur gemacht wird, gilt auch für vorgebliche »Original«-Schriftsteller. Als solchen hat Thomas Mann sich nie bezeichnet; er titulierte seine schöpferische Tätigkeit bei Gelegenheit als ein »höheres Abschreiben«[1] und vermerkte zufrieden, dass auch Shakespeare, Goethe und Tolstoi mehr *ge*funden als *er*funden hätten. Bei ihm selbst war das Spektrum des »Gefundenen« enorm: es reicht von persönlich erlebten Menschen und Umständen, von literarischen, historischen und mythischen Stoffen, Themen und Motiven über philosophische und psychologische Modelle und Ideen, konstruktive Techniken und artistische Feinheiten bis zu charakteristischen Details, Bildvorlagen für Beschreibungen und sprachlichen Formulierungen.[2] Vielen Lesern, die damit erstmals konfrontiert werden, ergeht es ähnlich, wie Hans Wysling das für die frühe Thomas-Mann-Forschung plastisch beschrieben hat:[3] »Als Thomas Manns Arbeitsweise bekannt wurde, war man zuerst ratlos. Es herrschte damals, um es drastisch zu sagen, eine dicke Luft im Archiv. [...] Waren Thomas Manns Werke denn alle ausgestopfte Vögel? War er ein ›arch-deceiver‹?« Nähere Betrachtung erkannte dann in der poetischen Alchimie, mit der eine so ungeheure wie heterogene Fülle vorgefundener Materialien derart in den Text eingeschmolzen wurde, dass sie, ohne dessen stilistische Einheit zu berühren, doch vielfach wieder erkennbar bleiben, eine der originellsten Errungenschaften von Thomas Manns Kunst.[4]

Man kann die Quellen in zwei große Bereiche einteilen: die Mate-

1 30. 12. 1945 an Th. W. Adorno (Br II, 470).

2 S. dazu die exemplarische Analyse der Quellen zu *Der Erwählte* durch Hans Wysling (1967, S. 258–324 u. 342–346).

3 Wysling 1987, S. 373.

4 Zur »Intertextualität« von Manns Werken s. Vaget 1984, bes. S. 36–42, und Neumann 2001.

rialien, die den Roman durch sachliche Richtigkeit glaubwürdig in der Wirklichkeit verankern sollen, und die literarischen Muster, die den Autor zur Anverwandlung durch Kontrafaktur und Parodie herausforderten.[5] Wie alle derartige Unterteilungen hat auch diese eine unscharfe Grenze, ist also unzureichend, aber nichtsdestoweniger nützlich. Nach Thomas Manns Überzeugung verpflichtete schon »der epische Geist« den Romancier auf Wirklichkeit und Welthaftigkeit: auf das »*So war es*«[6]. Die Blüte des realistischen Romans im europäischen 19. Jahrhundert, von ihm immer als Maßstab empfunden, schien das zu bestätigen. So hat er fleißig recherchiert, exzerpiert, Bilder und Zeitungsausschnitte gesammelt und Experten befragt. Das epische Werk zeichne ein »gigantischer Miniaturismus« aus, schrieb er 1939;[7] der Genius des Epos gehe zwar auf »das Ganze«, aber dieses

5 Vgl. Heftrich 1975, S. VIIf.

6 *Zur Kunst des Romans* (GW X, 349).

7 Ebd., S. 354. Der kleine Begriff birgt einen großen Eisberg kunstpsychologischer Reflexion: Nietzsche (*Der Fall Wagner* 7; KSA 6, 28) pries Wagner »als unsern grössten *Miniaturisten* der Musik« und sprach ihm – dem Schöpfer der *Ring*-Tetralogie! – damit die Kraft zur großen Form ab. Auf die zugrunde liegende Dekadenz-Analyse hat Thomas Mann immer wieder zurückgegriffen; er entwarf seinen Gustav von Aschenbach nach ihrem Muster und beschrieb auch die eigene Arbeit in ihren Begriffen. Wie er sich dabei jedoch die Freiheit nahm, Nietzsches Kritik gegen den Strich zu lesen, offenbart sein Porträt von Aschenbachs Kunst im *Tod in Venedig* (GW VIII, 452): »Es war verzeihlich, ja, es bedeutete recht eigentlich den Sieg seiner Moralität, wenn Unkundige die Maja-Welt oder die epischen Massen, in denen sich Friedrichs Heldenleben entrollte, für das Erzeugnis gedrungener Kraft und eines langen Atems hielten, während sie vielmehr in kleinen Tagewerken aus aberhundert Einzelinspirationen zur Größe emporgeschichtet und nur darum so durchaus und an jedem Punkte vortrefflich waren, weil ihr Schöpfer mit einer Willensdauer und Zähigkeit, derjenigen ähnlich, die seine Heimatprovinz eroberte, jahrelang unter der Spannung eines und desselben Werkes ausgehalten und an die eigentliche Herstellung ausschließlich seine stärksten und würdigsten Stunden gewandt hatte.« Nietzsches Kritik wird hier ganz auf die Seite der Produktion beschränkt: mit seinen »aberhundert Einzelinspirationen« ist Aschenbach ein décadent wie er in Nietzsches Buche steht. Aber mit Friedrich-gleichem Heroismus ringt seine Willensdauer und Zähigkeit der Lebensschwäche große Werke ab. Die »gedrungene Kraft« und den »langen Atem«, die die Leser am Werk ja wohl als »große Form« wahrnehmen, werden von der Werkgenese nicht dementiert, sondern ins noch Bewun-

präsentiere sich ihm als »die Welt mit unzähligen Episoden und Einzelheiten, bei denen er selbstvergessen verweilt, als käme es ihm auf jede von ihnen besonders an«.[8] Gleichwohl wird von allem Anfang ein realistisches Detail nur aufgenommen, soweit es sich als »zugehörig«, als zum »Ganzen« des entstehenden Werkes passend zu erkennen gibt.

Die literarischen Muster dagegen wirken bei der Organisation des Ganzen mit, samt seinen Figuren, Episoden oder Bedeutungsebenen. Als zentrale Muster dieser Art wirken im *Zauberberg* vor allem Wagners *Tannhäuser*, der auf seine romantischen Vorläufer bei Tieck, Novalis, Eichendorff, Heine[9] zurückweist; die Nekyia des vergilischen Aeneas,[10] die auch des Odysseus Hadesfahrt und die Jenseitsreise der *Göttlichen Komödie* im Gefolge führt; und Goethes *Faust* mit seiner Walpurgisnacht.[11] Eine eigentümliche Zwischenstellung nehmen jene Zeitgenossen ein, die Thomas Mann als Vorlagen ge- oder missbraucht hat. Gerhart Hauptmann hat Peeperkorn doch mehr mitgegeben als die äußeren Details von Gesichtslineatur und Reformkleidern. Seine »Persönlichkeit« mit Gedankenunschärfe und bannender Wirkung ist als organisierende Größe durchaus den literarischen Mustern an die Seite zu stellen, wenn auch die Verbindung mit Christus und Dionysos, pantheistischem Gefühlsdienst und Katastrophe in der Impotenz ganz auf die Rechnung des Autors geht. Ähnlich hat Georg Lukács auf Naphta weniger durch Physiognomie und Mimik als durch seine dialektische Schärfe und revolutionäre Unbedingtheit eingewirkt: ein prägnanter Typus, der dann Thomas

dernswertere erhöht. Dass Mann sich von Nietzsche auch die Bewunderung der großen Form von Wagners Werken nicht hat beeinträchtigen lassen, erhellt schon daraus, dass er den *Ring des Nibelungen* studierte, als er sich an seinen ersten großen Roman *Buddenbrooks* machte (s. Vaget 1984a).

8 Ebd., S. 352.

9 Das Tannhäuser-Lied aus *Des Knaben Wunderhorn*, das Heine in *Über Deutschland* bearbeitet hatte (In: *Sämmtliche Werke*. Bd. VII. Hamburg 1876, S. 234), travestierte Thomas Mann im August 1901 zu einem launigen Lied auf seinen Aufenthalt in der Kuranstalt zu Mitterbad (Nb. I, 214–216).

10 S. vor allem Frizen 1987.

11 S. vor allem Heftrich 1975.

Manns eigene revolutionszeitliche Verwirrungen zu tragen bekam.

Wie schon das Beispiel der Zentralmuster zeigt, kann ein Element gleichzeitig durch verschiedene Vor- und Gegenbilder determiniert sein.[12] Als Zauberberg nimmt die geschlossene Sanatoriumswelt zu Davos gleichermaßen – einander ergänzend, aber auch konkurrierend – Elemente von Wagners Venusberg, Vergils Schattenreich, Dantes Höllenkreisen und Goethes Walpurgisnacht,[13] meist parodierend, in sich auf, und Ähnliches gilt für viele Züge der Romanwelt, oft bis hinunter zu kleinen Details. Der Stellenkommentar sucht hierfür den Stand einer kritisch durchgesehenen Forschung zu präsentieren.

»Zauberberg«

Eine Vorform des Titels notierte Thomas Mann zum ersten Mal in einer Aufzählung von vier »*Novellen, die zu machen*« sind:[14] »Der verzauberte Berg«; dahinter ist in der Schrift der *Doktor Faustus*-Zeit angefügt: »Das wurde der Zbg«. Der endgültige Titel begegnet erstmals in einem Brief vom 15. Dezember 1913,[15] der Oscar Bies irrige Ankündigung einer Novelle *Der Zauberlehrling* richtig stellt;[16] er muss also schon etwas früher verwendet worden sein und Gelegenheit zum Missverständnis gegeben haben. Dass die »Hörselbergidee« bereits in Davos der Kristallisationspunkt gewesen war, an den sich die Sanatoriumseindrücke zu einem Novellenentwurf angesetzt hatten, erin-

12 Statt von ›Überdetermination‹, wie es sich einzubürgern beginnt, sollte man besser von ›mehrfacher Determination‹ sprechen, da ›Überdetermination‹ ein »allzuviel« nahe legt, wo tatsächlich Reichtum, Komplexität und unter Umständen Offenheit erzeugt werden.

13 *Faust* I, Vers 3868: »der Berg ist heute zaubertoll«.

14 Nb II, 186. Hans Wysling datiert den Eintrag zwischen September 1912 und Juli 1913.

15 An Hans von Hülsen (DüD I, 452). Nach einer späteren Erinnerung (*Einführung in den ›Zauberberg‹* [1939; GW XI, 606]) wurde der Titel »sofort« mit der Novellenidee gefunden. Das wird durch die bloße Formulierungsvariante von ›Der verzauberte Berg‹ zu ›Der Zauberberg‹ nicht widerlegt.

16 S. oben Entstehungsgeschichte, S. 000.

nerte Thomas Mann im *Lebensabriß* sicher richtig.[17] Das Wort »Zauberberg« hat Joseph von Eichendorff 1818 mit seiner Erzählung *Das Marmorbild* in die deutsche Literatur eingeführt,[18] die Tiecks Venusberg-Geschichte *Der Getreue Eckart und der Tannenhäuser* neu bildet. Thomas Mann wird Eichendorffs Geschichte wohl gekannt haben, doch war ihm Nietzsches *Geburt der Tragödie* zweifellos geläufiger. Diese setzt das Wort an strategisch gewichtiger Stelle ein. Aus der Weisheit des Silen – das Beste für den Menschen sei: nicht geboren zu sein, das Zweitbeste: bald zu sterben – wird die Genese der griechischen Religion abgeleitet:[19] »Jetzt öffnet sich uns gleichsam der olympische Zauberberg und zeigt uns seine Wurzeln. Der Grieche kannte und empfand die Schrecken und Entsetzlichkeiten des Daseins: um überhaupt leben zu können, musste er vor sie hin die glänzende Traumgeburt der Olympischen stellen.« Nietzsche begründete diese Genese aus dem von Schopenhauer übernommenen Ur-»Willen«, der sich in der Verklärung der Griechen und ihrer Kunstwelt selbst anzuschauen strebt: in diesem Sinne »als *aesthetisches* Phänomen ist das Dasein und die Welt ewig *gerechtfertigt*«.[20] Dieser metaphysischen Fundierung der menschlichen Lebens- und Weltbejahung setzt Thomas Mann in Hans Castorps ›Schnee‹-Traum eine aus der Erfahrung von Tod und Leid gereifte ethische Fundierung entgegen.

Mit dem Tannhäuser-Stoff ist auch die Entrückung auf sieben Jahre verbunden. Das wusste Mann von Heine[21] und konnte es als alten Bestandteil der Sage später in Emil Michaels *Geschichte des deutschen Volkes* bestätigt bekommen.[22] Auch kannte er sicher die

17 GW XI, 125.

18 In: Eichendorff: *Werke*. Bd. II. München 1978, S. 527 (vgl. Schultz 1954, S. 110). Das *Grimmsche Wörterbuch* (Bd. 31, S. 329) hat als ältesten Beleg eine Stelle aus dem 17. Jahrhundert (Kaspar Stieler). Zur literarischen Tradition des Venusbergs s. Pabst 1955. Als weitere mögliche Quelle Thomas Manns nennt Maar (1995, S. 67) den zauberischen Berg in Hans Christian Andersens *Nachtmütze des Hagestolzen*.

19 GOA 1, 31 / KSA 1, 35.

20 KSA 1, 47.

21 *Der Tannenhäuser*, Vers 7 f. (a. a. O.): »Da zog er in den Venusberg, Blieb sieben Jahre drinnen.«

22 Bd. IV. Freiburg i. Br. 1897, S. 298.

siebenjährige Liebesverzauberung in Fontane/Loewes Ballade *Tom der Reimer*,[23] möglicherweise die sieben Jahre des Odysseus bei Kalypso.[24] Er selbst wies früh auf das Märchen vom *Zwerg Nase* hin, »dem sieben Jahre wie Tage vergehen«.[25] Später ist er, vielleicht ebenfalls bei Michael,[26] offenbar auch noch auf die mittelalterliche Legende von den Siebenschläfern gestoßen[27] und hat neuere medizinische Anekdoten unglaublicher Zeitentrückungen gesammelt.[28] Gemeinsam haben all diese Muster, dass die meist liebesverzauberten Helden über einen großen Abschnitt ihres Lebens der Welt- und Menschenzeit abhanden kommen, in einen als zeitlos erfahrenen Raum entrückt werden; mit den Worten von Wagners Tannhäuser:[29] »Die Zeit, die ich hier weil', ich kann sie nicht ermessen: – Tage, Monde – gibt's für mich nicht mehr«.

Die Märchen- und Mythenzahl Sieben durchzieht den *Zauberberg* weniger als ein Leitmotiv denn als ein vielfältig variiertes Ordnungsmuster. Sieben Kapitel hat der Roman. Sieben Jahre bleibt Castorp im Sanatorium. Sieben Tische stehen im Speisesaal. In Zimmer Nr. 7 wohnt Frau Chauchat. Die Nummer von Castorps Zimmer ist aus den Summenfaktoren Drei und Vier zusammengesetzt: zunächst Nr. 34, endgültig dann Nr. 43. Multipliziert man diese Faktoren, so ergibt sich die Zwölf: zwölf Gäste versammelt Mynheer Peeperkorn zu seinem bacchanalischen Abendmahl. Und so fort.[30] In ihrer Allgegenwart demonstriert die Sieben den zeitenthebenden Märchenbann, der die Sanatoriumswelt gefangen hält.[31]

23 Vgl. Wysling 1995, S. 44.

24 Homer, *Odyssee*, Vers 7259; vgl. Heftrich 1975, S. 58 f.

25 3.8.1915 an Paul Amann (TM/Amann, 29;/DüD I, 455). Vgl. *Einführung in den ›Zauberberg‹* (GW XI, 604): »die sieben Märchenjahre«.

26 A. a. O., S. 106.

27 S. GKFA 5.1, 000.

28 S. ebd. und Tb. 31.5.1919.

29 SSD II, 5 f./*Dichtungen und Schriften*, Bd. 2, S. 58.

30 Dazu ausführlich Seidlin 1972.

31 Vgl. Heftrich 1975, S. 41–49.

REZEPTIONSGESCHICHTE

(Auszug)

Fasst man die Zielpunkte der Kritik zusammen, so offenbart sich im Zentrum der Angriffe etwas, das man wohl am präzisesten als die Modernität von Thomas Manns Roman bezeichnen könnte: man begehrt dagegen auf, dass die äußere Handlung zurücktritt; dass umfänglich reflexive, ja essayistische Passagen eindringen; dass die Figuren durch Ironie der rückhaltlosen Einfühlung entzogen werden; dass geistige Konflikte nicht weniger zum Erzählen reizen können als individuelle Erlebnisse, geistige Positionen aber durch einen konsequenten Perspektivismus relativiert werden; dass die Kompositions-Techniken der Leitmotivik wie des Zitierens und Anspielens, so wenig sie damals bereits verstanden wurden, die intellektuelle Aktivität von Lesern einfordern, die sich ans Hingerissenwerden gewöhnt haben. Das war nicht alles neu, aber man hatte vergessen, dass es neben dem realistischen und dem naturalistischen Roman noch eine andere Traditionslinie gab, die von Diderot und Sterne[1] über Jean Paul und Goethes *Wanderjahre* etwa zu Flauberts *Bouvard et Pécuchet* und den Romanen George Merediths führt. Der realistische Handlungsroman galt schlichtweg als der »traditionelle« Roman. Auch Thomas Mann knüpfte kaum bewusst an die »andere« Linie an.[2] Für ihn waren Nietzsche und Wagner die Führer in die Moderne,[3] »dieser auf mittelbarkünstlerische, jener auf unmittelbar-schriftstellerische Weise, – wobei, wie es modern ist, die künstlerische Methode an intellektueller Bewußtheit und Un-Einfalt der schriftstellerischen nicht nachsteht.« Hier lernte er, mit dem Erzählen auch gleich die Analyse zu geben und die Erkenntnis für ein gültiges Ziel auch des Künstlers zu halten.

1 Auf die Verwandtschaft mit Sterne verweist immerhin Brandenburg 1925, S. 194.

2 Allerdings griff er während der Arbeit am *Zauberberg* gezielt zu *Bouvard et Pécuchet* und Meredith: s. Tb 29. u. 30. 4. 1919, 31. 8. 1919 und 12. 8. 1920.

3 *Betrachtungen*, GW XII, 76.

Nachdem Forschung und Feuilleton lange den »modernen« Kafka gegen den »traditionellen« Thomas Mann ausgespielt haben, kann die Lektüre der frühen Rezensionen lehren, dass Mann mit dem *Zauberberg* für das breite Publikum in Deutschland, das Gros der Kritik eingeschlossen, der Wahrnehmung des modernen Romans die Bahn zu brechen hatte. Kafkas *Proceß* und *Schloß* wurden ja erst 1925 und 1926 aus dem Nachlass herausgegeben. Döblins *Berlin Alexanderplatz* (1929) und Musils *Mann ohne Eigenschaften* (1. Bd. 1930) standen noch weit in der Zukunft. Und keiner der Rezensenten lässt vermuten, dass er schon einmal von Proust oder Joyce gehört hätte, obwohl *Ulysses* schon seit drei Jahren vorlag und von *A la recherche du temps perdu* 1924 bereits fünf Bände erschienen waren. Erst 1929 – inzwischen sind *Ulysses* und die ersten beiden Bände der *Recherche* ins Deutsche übertragen – wird Max Rychner[4] Manns Buch neben diese europäischen »Versuche einer Grenzerweiterung des Romans« rücken, die dazu »zwingen, den Begriff des Romanes einer Kritik und Neubestimmung zu unterziehen, aus der er erweitert und bereichert hervorgehen muß.« Einer allerdings, der von Proust mehr als nur gehört hatte, wurde durch die Lektüre geradezu verstört: »Ich weiß kaum, wie ich es anstellen soll, Dir mitzuteilen«, so schreibt Walter Benjamin im April 1925 an Gershom Scholem,[5] »daß dieser Mann, den ich gehaßt habe wie wenige Publizisten, mit seinem letzten großen Buch, dem *Zauberberg*, das mir in die Hände fiel, mir geradezu nahegekommen ist; mit einem Buche, in dem [m]ich untrüglich Eigenstes, was mich bewegt und immer bewegte, auf eine Art, die ich streng kontrollieren kann und gelten lassen, ja in Vielem sehr bewundern muß, angesprochen hat. Es

4 Rychner 1929, S. 643 f. In Amerika allerdings wurde der Vergleich mit Proust schon 1927 gezogen: s. unten Anm. 83.

5 Benjamin, *Briefe* I, S. 377 f.; schon im Februar hatte er verraten: »Incredibile dictu: Das neue Buch von Thomas Mann: Der Zauberberg fesselt mich durch schlechthin souveräne Mache.«

ist, so wenig anmutig dergleichen Konstruktionen sind, mir dennoch nicht anders denkbar, ja schlechtweg sicher, daß über dem Schreiben eine innere Wandlung mit dem Verfasser sich vollzogen haben muß.« Öffentlich hat Benjamin sich über den *Zauberberg* jedoch nicht geäußert.

Ebenfalls Eigenstes entdeckt Martin Heidegger in dem Roman, und auch hier geben nur einige Briefe[6], an Hannah Arendt, Zeugnis von der Faszination, mit der er im Sommer 1925 den *Zauberberg* gelesen hat. Die Zeitspekulationen zwar möchte er, der bereits an *Sein und Zeit* arbeitet, »nicht allzu hoch in Rechnung stellen«,[7] doch lässt er sich davon den Blick auf das Werk nicht trüben: »Freilich die Größe der Darstellung – ist unerhört«; und »daß das Phänomen wie das Dasein von seiner Umwelt gelebt wird und nur vermeintlich selbst lebt, das ist mit einer Meisterschaft angesetzt, daß ich vorläufig einzig darauf konzentriert bleibe.«[8] Er liest den 1. Band »in einem Zuge«;[9] gut einen Monat später hat er auch den zweiten Band ausgelesen. Anfang und Ende des zweiten Bandes findet er unsicher und schwach, aber Peeperkorns bacchanalisches Abendmahl beeindruckt ihn.[10] »Das Kriterium für das Werk liegt für mich darin, daß ich es bald wieder lesen werde – wenn auch nur in einzelnen Partien. Und diese muß man studieren.«

Ernst Robert Curtius,[11] der Kenner der zeitgenössischen französischen Moderne, blickt zwar ausdrücklich von der Zeit-Thematik des *Zauberberg* zu Prousts *Recherche* hinüber; da er jedoch hinter

6 Briefwechsel Arendt/Heidegger, S. 40–45.

7 Ebd., S. 45 (23. 8. 1925).

8 Ebd., S. 40 (9. 7. 1925).

9 Ebd., S. 41 (17. 7. 1925).

10 Und durch die Liebesgeschichte zwischen Hans Castorp und Clawdia Chauchat fühlt er offensichtlich – »weil es ein Ende ohne Ende ist« – die eigene Liebesgeschichte mit Hannah Arendt durch (S. 45).

11 E. R. Curtius: *Thomas Manns ›Zauberberg‹*. In: *Luxemburger Zeitung*, 9. 1. 1925; hier zit. nach Sauereßig 1965, S. 51–55. S. dazu DüD I, 488.

den Reflexionen des Erzählers eine eigenständige Zeitphilosophie aufspüren will, kommt dabei wenig heraus. Im Übrigen grenzt er das Werk scharf und kritisch von dem ab, was man traditionell von einem Roman erwartet, bleibt bei der Suche nach dem Neuen und Eigenen jedoch ganz im Thematischen befangen. Für Thomas Manns spezifische Modernität ist auch er blind.

131 3–132.5 *»C'est un jeune ... peau comme lui.«*] Am 1. 10. 1915 hatte Thomas Mann an Paul Amann von seinem Französisch geschrieben: »Ohne die Sprache zu beherrschen, verstehe ich mich auf sie, habe von ihrem Geiste in mir (etwa wie ein ungebildeter aber begabter Schauspieler, der, ohne daß man genau zuhören dürfte, den Riccaut verblüffend hinlegt)«. So entwarf er das nun folgende Gespräch – er nennt es einmal »Dialogue au bord du lit« (»Gespräch am Bettrand«: Tb. 8. 5. 1921) – »mit Hülfe des Wörterbuchs« (Tb. 27. 4. u. 4. 5. 1921), aber doch gleich in der Zielsprache. Dass er dabei auch auf die Hilfe seiner Frau zurückgegriffen habe, hat diese immer bestritten (Mendelssohn 1982, S. 1978). Der befreundete Schriftsteller Bruno Frank erklärte sich bereit, die französischen Wendungen zu korrigieren (Tb. 8. 5. 1921); nach einer ersten gemeinsamen Durchsicht am 8. 5. erhielt er das Manuskript am 11. 5. und sandte es mit den Korrekturen am 4. 6. 1921 zurück. Da Mann inzwischen über *Goethe und Tolstoi* saß, arbeitete er Franks Änderungsvorschläge erst am 12.10. ein und schrieb dann das französische Gespräch neu ins Reine (Tb. 12. u. 13. 10. 1921). In Yale ist eine korrigierte Fassung des Dialogs erhalten (Hs. 1, 558–572), von der die Druckfassung aber immer noch in vielen Details abweicht; wahrscheinlich handelt es sich dabei um das von Frank korrigierte Manuskript. Am 21. 12. 1922 fragte Mann für einige weitere Formulierungen bei dem Literaten Joseph Chapiro, einem »französisierten russischen Juden« (Tb. 3. 9. 1920), nach (*Selbstkommentare*, S. 27 f.; s.a. TM / Hauptmann II, 275); ein Teil dieser Formulierungen ist in der Druckfassung gegenüber Hs. 1 verbessert. Ob Mann gelegentlich noch andere Bekannte um Hilfe gebeten hat, lässt sich bislang nicht nachweisen.

Das weitgehend französisch geführte Gespräch wird hier im Zusammenhang übersetzt. Die im Original französischen Partien sind kursiv gesetzt; wo die von der Leitmotivik her zu erwartenden Formulierungen zu weit von der wörtlichen Übersetzung abweichen, wird letztere in eckigen Klammern nachgestellt:

»*Das ist ein sehr strenger junger Mann, sehr anständig, sehr deutsch.*«

»*Streng? Anständig?*« wiederholte er. »Ich verstehe Französisch besser, als ich es spreche. Du willst sagen, daß er pedantisch ist. Hältst du uns Deutsche für pedantisch – *uns Deutsche insgesamt?*«

»*Wir reden von Ihrem Vetter. Aber es stimmt, ihr seid ein wenig bürgerlich. Ihr liebt die Ordnung mehr als die Freiheit, das weiß ganz Europa.*«

»*Lieben ... lieben ... Was ist das! Es ermangelt der Definition, dieses Wort.* Der Eine hat's, der Andere liebt's, *wie wir redensartlich sagen*«, behauptete Hans Castorp. »Ich habe in letzter Zeit,« fuhr er fort, »manchmal über die Freiheit nachgedacht. Das heißt, ich hörte das Wort so oft, und so dachte ich darüber nach. *Ich werde dir auf Französisch sagen, was* ich mir dachte. *Was ganz Europa die Freiheit nennt, ist vielleicht eine recht pedantische und bürgerliche Angelegenheit im Vergleich zu unserem Bedürfnis nach Ordnung – so ist das.*«

»*Tatsächlich! Das ist amüsant. Denkst du an deinen Vetter, wenn du derart seltsame Dinge sagst?*«

»Nein, *er ist wirklich ein guter Kerl*, eine einfache, unbedrohte Natur, *weißt du. Aber er ist nicht bourgeois, er ist soldatisch.*«

»Unbedroht?« wiederholte sie mühsam ... »*Du willst sagen: eine ganz gefestigte, ihrer selbst sichere Natur? Aber er ist ernsthaft krank, dein armer Vetter.*«

»Wer hat das gesagt?«

»Man weiß hier voneinander.«

»Hat Hofrat Behrens dir das gesagt?«

»*Vielleicht als er mir seine Gemälde zeigte.*«

»*Das heißt: als er dein Porträt malte!*«

»*Warum nicht. Fandest du mein Porträt gelungen?*«

»*Aber ja, über die Maßen. Behrens hat deine Haut sehr genau wiedergegeben, oh, wirklich sehr getreu. Ich wäre liebend gerne Porträtmaler, um auch die Gelegenheit zu haben, deine Haut so zu studieren wie er.*«

ESSAYS II

1914 – 1926

Herausgegeben und textkritisch
durchgesehen von Hermann Kurzke
unter Mitwirkung von
Joëlle Stoupy, Jörn Bender und
Stephan Stachorski

Bände 15.1 und 15.2

AUFRUF ZUR GRÜNDUNG EINER »DEUTSCHEN AKADEMIE«

Unter dem Namen »Deutsche Akademie« soll eine Vereinigung hervorragender Künstler deutscher Zunge geschaffen werden, die den Zweck hat, vor dem deutschen Volke, seinen Regierungen und dem Ausland die deutsche Kunst (Dichtung, Musik, Bildende Kunst und künstlerisches Leben) sichtbar und maßgebend zu vertreten.

Der Gedanke solcher Vereinigung ist altüberliefert. Man darf sagen, daß er durch Jahrhunderte das Gemüt einzelner beschäftigt hat und im Kreise ernster Kunstfreunde immer wieder erwogen worden ist. Auch stand er wiederholt zur öffentlichen Erörterung. Was seiner Verwirklichung in deutscher Sphäre widerstrebt, ist allzeit deutlich empfunden worden. Es ist die Idee der persönlichen Freiheit, über die Goethe sagte, daß sie so Großes wie die Reformation, aber auch viel Absurdes gezeitigt habe; daß der buntscheckige Reichtum unserer Literatur wie auch viel Absonderung, Verisolierung und unfruchtbare Eigenköpfigkeit ihr zu danken und zur Last zu legen sei.

Die Unterzeichner vorliegenden Aufrufs fassen die Nachteile dieser nationalen Eigenart nicht weniger fest ins Auge als seine Vorteile. Sie glauben nicht, daß aus dem deutschen Geistesleben je ein Salon oder eine Kirche werden könne, und sind weit entfernt, dergleichen auch nur für wünschbar zu halten. Aber sie erachten die Stunde für gekommen, eine Probe auf das Mögliche zu machen, einen Versuch zu unternehmen, ob wirklich nur Interessen derber und handgreiflicher Art oder bis zu einem gewissen Grade auch die reinsten und geistigsten sich hierzulande als organisierbar erweisen werden; ob es gelingen mag, ihnen anschauliche Würde und eine Geschlossenheit und Stoßkraft zu verleihen, die man mit dem heute geläufigsten, hier aber beileibe nicht mißzuverstehenden Wort »politisch« nennen möge.

Der geschichtliche Augenblick scheint einem solchen Versuch in mehr als einer Hinsicht günstig zu sein und dazu aufzufordern. Das neuerwachte nationale Selbstbewußtsein, eine Frucht ungeheurer Not und ungeheurer Taten; das Erstarken des Geistes in aller deutscher Kunst; eine wachsende Teilnahme der Nation an ihrem Leben; ein Verständnis für Wert und Wichtigkeit der Kunst, das immer tiefer in die bildungswilligen, bildungsbegierigen Massen dringt; eine weitgehende Grenzöffnung zwischen ihr und andern Geistesgebieten, so daß ein musisch gestimmtes Gelehrtentum, eine Durchseelung weiter Reiche der Wissenschaft mit künstlerischem Geiste heute Wirklichkeit ist – das sind Gründe positiver Art. Es gibt andere. Das Umsichgreifen von Materialismus und Geschäftsgeist; ein zudringlicher Dilettantismus; die Herrschaft eitler Schlagworte; der Reklamelärm der Betriebsamen; die ganze quälende Maßstablosigkeit und Anarchie der Zeit, deren die Unlauterkeit sich bedient, um Verschüchterung und Verwirrung ins Publikum zu tragen: dies alles bedeutet die Gefahr einer Verflachung des künstlerischen Schaffens selbst; es drängt die Künstler, denen es um das Echte, Kühne und Reine zu tun ist, zu einem ideellen und sichtbaren Zusammenschluß.

Die Aufrufenden können nicht genug betonen, daß sie mit ihrer Gründung nichts weniger bezwecken, als dem deutschen Geistesleben ein gesellschaftliches Gepräge zu geben, es in einem unnationalen Sinn zentralistisch und einförmig zu gestalten, die Einsamkeit des einzelnen zu stören, die Dämonie des Talents durch Amtlichkeit zu binden. Die »Deutsche Akademie« sei ein Treubund, der, über allen Gegensätzen der Generationen, Individuen und Schulen, im Zeichen dessen stehe, was allen gemeinsam ist, der Liebe zur Kunst.

Der Aufbau der Akademie ist folgendermaßen gedacht. Sie gliedert sich in die vier Gruppen der Dichtung, der Musik, der Bildenden Kunst und des künstlerischen Lebens, und zwar zu je vierundzwanzig Köpfen. (Als Förderer des künstlerischen Lebens gelten Männer, die sich um seine Pflege und Vertiefung in edler Weise verdient gemacht haben.) Diese Gruppen bilden aus sich Kapitel zu je acht Köpfen, die den Charakter von Arbeitsausschüssen haben sollen. Ihnen angegliedert ist ein verwaltendes Kapitel von fünf Mitgliedern, denen ein Archivar und ein Syndikus beigegeben sind. An der Spitze der Akademie stehen vier den einzelnen Kapiteln entnommene Ehrenkapitulare.

So soll die Akademie die unveränderliche Zahl von 101 Mitgliedern umfassen. Doch soll eine nicht zu bestimmende Anzahl aufstrebender Künstler ihr verbunden sein, ein Vorhof der Jugend gleichsam, aus dem sie ihre Mitgliederzahl durch Zuwahl ergänzt.

Finanzielle Verpflichtungen werden den Mitgliedern nicht erwachsen; nur auf freiwillige Stiftungen wird gerechnet.

Sobald ein hinreichendes Vermögen vorhanden ist, beginnt das öffentliche Wirken der Akademie, das wesentlich in der Pflege des unterscheidenden Gefühls in der öffentlichen Wertung schöpferischen Verdienstes besteht. Sie trete geschlossen hervor bei feierlichen und für das Gedeihen der Kunst wichtigen Gelegenheiten. Alljährlich finde in München, dem Sitz der Akademie, eine Gesamttagung statt, an der alle Mitglieder, wenn irgend möglich, teilnehmen sollen. Die öffentliche Festsitzung werde etwa mit einer Symphonie, einer Rede eröffnet, und im Laufe von vier Tagen mögen Vorträge, musikalische und poetische Aufführungen, Ausstellungen von Werken bildender Kunst einander ablösen. Ein Jahrbuch der Akademie biete als Denkschrift den literarischen Niederschlag dieser Festtage. Auch ist die Herausgabe einer Bibliothek lebender Dichter geplant.

Außerordentliche Feiersitzungen mögen etwa den Charakter

von Gedächtnisfeiern zur Ehrung Abgeschiedener tragen. Am Grabe solcher sei die Akademie korporativ vertreten. Von Zeit zu Zeit finden sich die Kapitel der vier Gruppen zur Beratung der ihnen eigenen Interessen in Kapitelsitzungen zusammen.

Ein Gebäude erstehe der Akademie, dessen Mitte der Festsaal oder Tempel bilde, mit Nischen, bestimmt, die Büsten solcher Männer aufzunehmen, die durch öffentliche Gedenkfeiern geehrt wurden. Er sei von Gesellschafts-, Lese- und Bibliotheksräumen umgeben. Alle Mitglieder spenden ein Werk ihrer jeweils erscheinenden Werke für die Bibliothek der Akademie.

Da die Wahl der Mitglieder auf Lebenszeit erfolgt, so kann ein Ausschluß nur auf Grund schwerer Verfehlungen gegen den Geist der Akademie erfolgen. Nach dem Ableben oder Ausscheiden eines Mitglieds folgt durch das Kapitel derjenigen Gruppe, der es angehörte, die Zuwahl eines neuen Mitglieds aus dieser Gruppe.

Im Sinne des Gesetzes ist die »Deutsche Akademie« kein Verein, sondern zunächst nur eine zwanglose Vereinigung ohne Vorstand und ohne Satzungen. Sie strebt jedoch behördliche Rechte an.

Der Ausschuß zur Gründung einer
»Deutschen Akademie«.

Entstehung

Der Text wurde in RuA (1922) von Thomas Mann auf 1915 datiert und mit folgender Fußnote versehen: »Zu Anfang des Krieges wurde in München die Gründung einer ›Deutschen Akademie‹ beraten. Der Plan scheiterte. Dieser Aufruf wurde im Auftrage des Ausschusses verfaßt.«

Die jahrhundertealten Bemühungen um eine Deutsche Akademie bzw. um die Aufnahme von Schriftstellern in eine solche waren im Kaiserreich mehrfach wiederaufgenommen worden. Thomas Mann hatte sich bereits 1910 für eine solche Akademie ausgesprochen (in [*Die gesellschaftliche Stellung des Schriftstellers in Deutschland*], s. GKFA 14.1, 000). Am 27.5.1914 schreibt er allerdings an Kurt Martens, dass er für literarisches Vereinswesen absolut nicht tauge. »Selbst dafür bin ich ein zu unpolitischer Mensch. Ich glaube zu fest, daß alles irgendwie Wichtige durch den Einzelnen allein geschieht und bringe das Interesse nicht auf, das nötig ist, um nützen zu können. Auch sind Sitzungen, Versammlungen, Konferenzen mir schrecklich, sie schaden mir physisch, kosten mich unverhältnismäßig viel.« (TM / Martens I, 205) Ein Brief an Albert Ehrenstein vom 11.5.1915 formuliert zunächst ebenfalls deutliche Vorbehalte:

> Die Aufforderung mit dem Akademie-Gedanken öffentlich hervorzutreten, ist schon öfter an mich ergangen, und doch konnte und kann ich mich nicht dazu entschließen. Wie Welt und Kollegenschaft sind, könnte ich es nur thun; indem ich gleichzeitig erklärte, daß ich für meine Person die Wahl in das »Institut« nicht annehmen würde. Außerdem aber müßte ich gewissenhafterweise alle die Erwägungen anführen, die *gegen* den Plan sprechen und die wären am Ende gewichtiger als die, die dafür sprechen, obgleich diese gewiß respektabel sind. Die Gegengründe auseinanderzusetzen würde brieflich viel zu weit führen, es ist Ihnen

gegenüber auch nicht nötig. Schon ein Blick auf das Pariser Vorbild macht die größten Bedenken – es dürfte *nicht* Vorbild sein. Balzac, Flaubert, Maupassant, Zola waren nie Akademiker, auch O. Mirbeau ist es nicht und France, der es ist, geht nie in die Sitzungen und geniert sich offenbar. Denn wer ist es sonst noch alles! Und bei uns, wer sollte es werden? Hauptmann, Dehmel, Schnitzler, Hofmannsthal, gut. Aber auch Wedekind, mein Bruder Heinrich, Sternheim, Sie? Oder Kraus, Harden, Kerr – die einander mit den Fauteuil-Beinen verhauen würden? Ist die deutsche Literatur nicht zu wesentlich anarchisch, um eine Akademie zu dulden? Zu sehr auf Einsiedlertum gestellt? Spielt das Sprachliche darin – im Gegensatz zu den Lateinern – nicht eine zu untergeordnete Rolle? Ist nicht unsere höhere Kritik zu wenig »civilisiert«, zu unduldsam, zu radikal, zu bösartig? Wären die Erwählten nicht sofort bei der Kritik und der Kollegenschaft verlorene Leute und einem auf die Dauer ruinösen Gespött ausgesetzt? Kämen sie sich selber nicht als offizielle Unsterbliche ein wenig komisch vor? Erwägen Sie das alles, was ich da andeute!

»Nur die politischen Umstände, die unionistischen neu-großdeutschen Ideen, die an der Tagesordnung sind«, so Thomas Mann weiter, hätten ihn trotz der massiven Gegengründe wieder auf den schon fallengelassenen Akademie-Gedanken gebracht, verbunden mit der Erwartung, dass »das Sprachliche (um nicht zu sagen, ›Rhetorische‹)« nach dem Krieg in den deutschen Staaten berufen sei, eine ähnliche offizielle Rolle zu spielen wie in den feindlichen Demokratien. Vor diesem Hintergrunde wolle er die Diskussion um eine deutsche Akademie zwar nicht eröffnen, sich aber doch an ihr beteiligen. (Br. I, 118 f., mit falscher Datierung »11. 11. 15«)

Der Brief an Ehrenstein kann als terminus post quem für die Entstehung des Textes gelten, über die sonst keine Einzelheiten bekannt sind. Das stark korrigierte Manuskript (s. Paralipomena) endet mit einer durchgestrichenen Namensliste, die als vorgesehene Unterzeichner zwölf Namen in vier Säulen präsentiert, die offenbar den Gruppen von S. 149 entsprechen: die Musiker Hans Pfitzner, Richard Strauss und Arthur Nikisch, die Dichter Gerhart Hauptmann, Thomas Mann und Rainer Maria Rilke, die bildenden Künstler Emil Preetorius, Max Liebermann und Johann Lukas von Hildebrandt, die Gelehrten Richard Riemerschmid, Walther Rathenau und Friedrich Gundolf. Mit Bleistift sind fünf weitere hinzugefügt, Heinrich Mann und Frank Wedekind bei den Dichtern, Ludwig von Hofmann und Oskar Kokoschka bei den bildenden Künstlern, Heinrich Wölfflin bei den Gelehrten. Die Sache ist offenbar nicht weit gediehen, denn es ist kein einziger Brief an die geplanten Unterzeichner bekannt, der sich darauf bezöge. Vermutlich ist keiner der Genannten wirklich gefragt worden. Es wäre auch kaum denkbar gewesen, dass Thomas Mann sich zu diesem Zeitpunkt mit seinem Bruder zusammengefunden hätte, um eine Akademie zu gründen. Doch bleibt allein die vom Kontext der sonstigen Kriegspublizistik so sehr abstechende Idee überraschend genug. Sie zeigt, dass die Feindschaft gegen den Zivilisationsliteraten nicht einmal im ersten Kriegsjahr restlos gefestigt war. Dass Thomas Mann diesen nicht sehr bedeutenden Text 1922 zur Publikation bringt, ist vermutlich ein politischer Akt, der zum Ausdruck bringen soll, dass er während des Krieges auch zu anderen als chauvinistischen Tönen fähig war.

Die Pläne wurden nach Kriegsende wiederaufgenommen (vgl. Tb. 6.7. und 27.7.1919), führten aber erst 1926 zur Gründung der Sektion für Dichtkunst der Preußischen Akademie der Künste, in der Mann bis zu ihrem Ende 1933 eine maßgebliche Rolle spielte. (Über die Geschichte der Sektion Dichtkunst und die Vorgeschichte des Akademie-Gedankens informiert Jens 1971.)

Dass Dichterakademien in der Logik der Weltkriegszeit auf die Feindseite gehören, die Seite der Nachahmung Frankreichs und seiner Académie française, geht aus dem Kapitel *Politik* der *Betrachtungen eines Unpolitischen* hervor (GW XII, 304). Thomas Mann widerspricht sich selbst, wenn er als unpolitischer Ästhet den Akademiegedanken verspottet und ihn als repräsentationswilliger Literat zugleich befördert. Dem Plan von 1915 stand die Ideologie der *Betrachtungen* entgegen. In einem Brief an Max Krell vom 8. 8. 1923 (Reg. 23/61) heißt es denn auch rückblickend: »Nur unter starker reservatio mentalis habe ich mich daran beteiligt.« Ein Brief an Paul Amann vom 1. 10. 1915, der über eine Akademiegründung in Wien nachdenkt, bringt den Selbstwiderspruch auf eine schlagende Formel: »Eine Person in mir akklamiert die Idee, eine andere protestiert. Die Erstere wird der Literat in mir sein; die andere – der Dichter.« (TM / Amann, 37)

Textlage

Erstdruck und Druckvorlage: RuA, 291–295. Nachdrucke in Werkausgaben: GW XI, ARE II, E I. Die Textvarianten des Manuskripts, das den Titel *Die deutsche Akademie* trägt, bestehen hauptsächlich in gestrichenen Stellen, die stilistisch verbessert wurden (s. Paralipomena, S. 155 ff. in diesem Band).

Stellenkommentar

147 14 *Es ist die Idee*] Im Manuskript stattdessen ursprünglich (gestrichen): »Es ist der germanische und protestantische Gedanke.«

15 *Goethe*] Im Gespräch mit Eckermann am 6. 4. 1829.

148 2 *»politisch«*] Der unpolitische Betrachter mahnt, den Akademiegedanken nicht als eine zivilisationsliterarische, sondern als eine nationale Sache zu verstehen.

27 *Dämonie des Talents*] Zum Talentbegriff Thomas Manns s. *An einen jungen Dichter* (GKFA 14.1, 000) und *Talent* (GKFA, 14.1, 000) und Kommentare.

150 9 *spenden ein Werk*] Im Manuskript (besser): »spenden ein Exemplar«.

Paralipomena

Text der Handschrift Mp I 2 grün (TMA)

Die deutsche Akademie

Unter dem Namen »Deutsche Akademie« soll eine Vereinigung hervorragender Künstler deutscher Zunge geschaffen werden, die den Zweck hat, vor dem deutschen Volke, seinen Regierungen und dem Ausland die deutsche Kunst (Dichtung, Musik, Bildende Kunst und künstlerisches Leben) sichtbar und maßgebend zu vertreten.

Der Gedanke solcher Vereinigung ist altüberliefert. Man darf sagen, daß er durch Jahrhunderte das Gemüt Einzelner beschäftigt hat und in Kreisen ernster Kunstfreunde immer wieder erwogen worden ist. Auch stand er wiederholt zur oeffentlichen Erörterung. Was seiner Verwirklichung in deutscher Sphäre widerstrebt, ist allezeit deutlich empfunden worden. Es ist die Idee der persönlichen Freiheit, °von der Goethe sagte, daß sie so Großes wie die Reformation,

8 vertreten] *gestrichen folgt:* Die Idee solcher Vereinigung [*korrigiert aus:* Dieser Gedanke *bzw.* Der Gedanke einer solchen Vereinigung] [*gestrichen folgt:* ist] das Gefühl für ihre Wünschbarkeit, ja Notwendigkeit ist alt überlief[ert] man darf sagen, daß es [*korrigiert aus:* sie] [*gestrichen folgt:* seit Jahrhunderten] im Gemüte Einzelner [*korrigiert aus:* in einzelnen Gemütern] wie auch in ganzen Kreisen, die sich der Kunst innerlich verbunden fühlten, seit Jahrhunderten lebendig ist. Auch kam der Gedanke wiederholt zur öffentlichen Erörterung. 9 Der Gedanke] *korrigiert aus:* Die Idee 9 altüberliefert] *korrigiert aus:* alt überliefert 10 er] *korrigiert aus:* sie 10 Gemüt] *korrigiert aus:* Denken 10 Einzelner] *gestrichen folgt:* wie auch ganzer Kreise, die sich der Kunst innerlich verbunden 12 er] *korrigiert aus:* sie 13 seiner] *korrigiert aus:* ihrer 14 Es ist die Idee] *korrigiert aus:* Es ist der germanische und protestantische Gedanke (germanische und protestantische *steht zusätzlich zur Streichung in eckigen Klammern.*) 14 der] *gestrichen folgt:* bürg[erlichen] 14–15 Freiheit] *gestrichen folgt:* ; u. dieselbe Idee [*korrigiert aus:* dieser Gedanke] von dem Goethe sagte, daß sie so viel Falsches wie Dummes, viel Treffliches, aber auch viel Absurdes gezeitigt habe, 15 von der] *gestrichen geht voran:* der tief im deutschen Wesen wurzelt, und 15 Reformation] *danach ergänzt und wieder gestrichen:* hervorgebracht

aber auch viel Absurdes gezeitigt habe,° daß der buntscheckige Reichtum unserer Literatur wie auch Absonderung, Verisolierung und unfruchtbare Eigenköpfigkeit ihr zu danken und zur Last zu legen sei.

Die Unterzeichner vorliegenden Aufrufs fassen die Nachteile dieser nationalen Eigenart nicht weniger fest ins Auge, als seine Vorteile. Sie glauben nicht, daß aus °dem° deutschem [sic] Geistesleben je ein Salon oder eine Kirche werden könne und sind weit entfernt, dergleichen auch nur für wünschbar zu halten. Aber sie erachten die Stunde für gekommen, eine Probe auf das Mögliche zu machen, einen Versuch zu unternehmen, ob wirklich nur Interessen derber und handgreiflicher Art, oder bis zu einem gewissen Grade auch die reinsten und geistreichsten sich hierzulande als organisierbar erweisen werden; ob es gelingen mag, ihnen anschauliche Würde und eine Geschlossenheit und Stoßkraft zu verleihen, die man mit dem heute geläufigsten, °hier aber beileibe nicht mißzuverstehenden° Wort »Politik« nennen möge.

1 aber auch] *davor gestrichen:* viel Gescheites u. Treffliches überhaupt, 2 auch] *gestrichen folgt:* die 3 Eigenköpfigkeit] *korrigiert aus:* Originalitätssucht 3 ihr] *gestrichen geht voran:* des geistigen Individuums 3 und] *korrigiert aus:* wie 6 als] *vermutlich korrigiert aus:* wie 8 entfernt,] *gestrichen folgt:* davon, 11–12 wirklich nur ... oder] *korrigiert aus:* nicht nur derbe und handgreifliche Interessen, sondern 12–13 die reinsten und geistreichsten] *korrigiert aus:* solche der reinsten und geistreichsten Art 14 mag] *gestrichen folgt:* diesen Interessen 17 möge.] *vermutlich korrigiert aus:* mag. – *Gestrichen folgt der Absatz:* Der geschichtliche Augenblick scheint einem solchen Versuch in mehr als einer Hinsicht günstig zu sein und dazu aufzufordern. Das wiedererwachte nationale Selbstbewußtsein, eine Frucht [*unleserlich gestrichen* wie] ungeheurer [*korrigiert aus:* Wie unser nationales Selbstbewußtsein neu erweckt und gestärkt in geistiger und physischer] Not und [*gestrichen folgt:* durch] ungeheuerer Thaten [*gestrichen folgt:* des Volks]; das Erstarken des Geistigen in aller deutschen Kunst; eine wachsende Teilnahme an ihrem Leben [*korrigiert aus:* am Leben und], ein Verständnis für [*gestrichen folgt:* den] Wert und Wichtigkeit der Kunst überhaupt, das längst aus dem bürgerlichen Gehege trat und immer tiefer in

°Der geschichtliche Augenblick scheint einem solchen Versuch in mehr als einer Hinsicht günstig zu sein und dazu aufzufordern. Das neuerwachte nationale Selbstbewußtsein, eine Frucht ungeheuerer Not und ungeheuerer Thaten; das Erstarken des Geistes in aller deutschen Kunst; eine wachsende Teilnahme der Nation an ihrem Leben, ein Verständnis für Wert und Wichtigkeit der Kunst, das immer tiefer in die bildungswilligen, bildungsbegierigen Massen dringt; eine weitgehende Grenzöffnung zwischen ihr und anderen Geistesgebieten, sodaß ein musisch gestimmtes Gelehrtentum, eine Durchseelung weiter Reiche der Wissenschaft mit künstlerischem Geiste heute Wirklichkeit ist, – das sind Gründe positiver Art: Es giebt andere. Das Um sich Greifen von Materialismus und Geschäftsgeist, ein zudringlicher Dilettantismus, die Herrschaft eitler Schlagworte, der Reklamelärm der Betriebsamen, die ganze quälende Maßstablosigkeit und Anarchie der Zeit, deren °die° Unlauterkeit sich bedient, um Verschüchterung und Verwirrung ins Publikum zu tra-

die bildungswilligen, bildungsbegierigen Massen dringt, – das sind Gründe positiver Art. Es gibt andere. Die quälende Maßstablosigkeit °u. Anarchie° der Zeit, °deren Unlauterkeit sich bedient, um Verschüchterung u. Verwirrung ins °ganze° Publikum zu tragen,° das um sich greifen von Materialismus und Geschäftsgeist, ein zudringlicher Dilettantismus, die Herrschaft eitler Schlagworte; der Reklamelärm der Betriebsamen [*korrigiert aus*: unlauterer Elemente]: dies alles trägt nicht nur Verschüchterung und Verwirrung ins Publikum, sondern bedeutet auch die Gefahr einer Verflachung [...]

Vor diesen Absatz wollte Thomas Mann dann die folgende, später ebenfalls gestrichene Passage einfügen: Das Verhältnis der Mitglieder untereinander sei, unbeschadet der freien persönlichen Eigenart eines jeden, auf das Gefühl der Zusammengehörigkeit im Dienste der großen Sache, auf gegenseitige Achtung u. die den Grundsätzen der Akademie zugesicherte Treue gegründet. Die Akademie sei also nichts, 6 Kunst] *danach gestrichen*: überhaupt *bzw.*, das längst aus dem bü[rgerlichen] 10 weiter Reiche der Wissenschaft] *korrigiert aus*: weiter Wissenschaften *bzw.* der Wissenschaften 11 ist,] *gestrichen folgt*: und die Jugenderzieher sich der zeitgenössischen Kunst mit freiem Vertrauen nähern, sie zum Unterrichte heranziehen gen: dies alles bedeutet die Gefahr einer Verflachung des künstlerischen Schaffens selbst; es drängt die Künstler, denen es um das Echte, Kühne und Reine zu thun ist, zu einem ideellen und sichtbaren Zusam̄enschluß, bestimmt, die Würde der Kunst zu wahren und alle geistfeindlichen, das heißt zuletzt: unmoralischen Einflüsse von ihr abzuwehren.°

Die Aufrufenden können nicht genug betonen, daß sie mit ihrer Gründung nichts weniger bezwecken, als dem deutschen Geistesleben ein gesellschaftliches Gepräge zu geben, es in einem unnationalen Sinn zentralistisch und einförmig zu gestalten, die Einsamkeit des Einzelnen zu stören, die Dämonie des Talentes durch Amtlichkeit zu binden. Die deutsche Akademie sei ein Treubund, der, über allen Gegensätzen der Generationen, Individuen und Schulen, im Zeichen dessen stehe, was allen gemeinsam ist: der Liebe zur Kunst.

Der Aufbau der Akademie ist folgendermaßen gedacht. Sie gliedert sich in die vier Gruppen der Dichtung, der Musik, der Bildenden Kunst und des künstlerischen Lebens und zwar zu je 24 Köpfen. Als

3 Echte, Kühne und Reine] *korrigiert aus:* Reine und Wesentliche 4 Zusam̄enschluß] *gestrichen folgt:* der in 5 das heißt zuletzt] *korrigiert aus:* letzten Endes 8–9 Geistesleben] *gestrichen folgt:* gesells[chaftliche] 9 in] *gestrichen folgt:* irgend 11–12 durch Amtlichkeit] *korrigiert aus:* amtlich 12 binden.] *Danach als Einfügung vorgesehen und wieder gestrichen:* Das Verhältnis der Mitglieder untereinander sei, unbeschadet der freien persönlichen Eigenart eines jeden, auf das Gesetz der Zusammengehörigkeit im Dienste der großen Sache, auf gegenseitige Achtung u. die den Grundsätzen der Akademie zugesicherte Treue gegründet. Die Akademie sei also nichts, 12 Akademie sei] *gestrichen folgt:* nichts als ein Treubund, der über allen künstlerischen Richtungen und Willens[*unleserlich*] *Dies wurde ersetzt durch die ebenfalls gestrichene Passage:* [Die deutsche Akademie] führe im Alltag ein durchaus ideelles Dasein und erscheine nur festlicher Weise. Es ist selbstverständlich, daß alle politischen, wirtschaftlichen und persönlichen Sonderinteressen von ihr ausgeschlossen sein sollen. Sie sei nichts, als 15 der] *gestrichen folgt:* deutschen 17 Köpfen.] *korrigiert aus:* Mitgliedern. *gestrichen folgt:* Diese Gruppen bilden aus sich Kapitel zu je 8 K[öpfen]

Förderer des künstlerischen Lebens gelten Männer, die sich um °seine° Pflege und Vertiefung in edler Weise verdient gemacht haben. Diese Gruppen bilden aus sich Kapitel zu je 8 Köpfen, die den Charakter von Arbeitsausschüssen haben sollen. Ihnen angegliedert ist ein verwaltendes Kapitel von fünf Mitgliedern, denen ein Archivar und ein Syndikus beigegeben sind. An der Spitze der Akademie stehen 4 den einzelnen Kapiteln entnommene Ehren-Kapitulare.

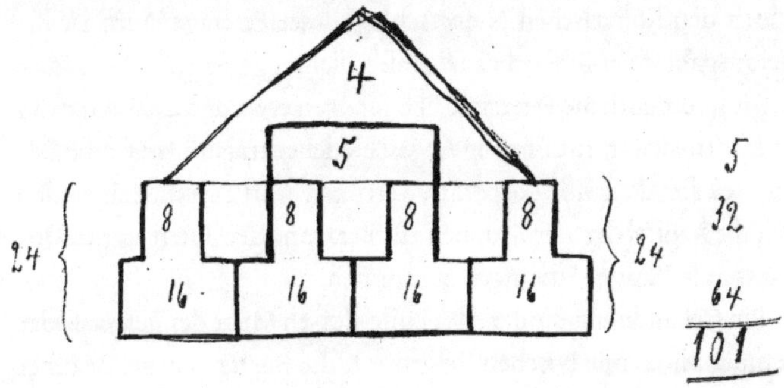

So soll die Akademie die unveränderliche Zahl von 101 Mitgliedern umfassen. Doch soll eine nicht zu bestimmende Anzahl aufstrebender Künstler ihr verbunden sein, ein Vorhof der Jugend gleichsam, aus dem sie ihre Mitgliederzahl durch Zuwahl ergänzt.

Finanzielle Verpflichtungen werden den Mitgliedern nicht erwachsen; nur auf freiwillige Stiftungen wird gerechnet.

Sobald ein hinreichendes Vermögen vorhanden ist, beginnt das oeffentliche Wirken der Akademie, das wesentlich in der Pflege des unterscheidenden Gefühls, in der oeffentlichen Wertung schöpferi-

3 die] *danach folgte ursprünglich*: aber nicht sowohl den Charakter einer Ritterklasse, als den 7 Ehren-Kapitulare.] *danach gestrichen*: die Akademie wird [?] [*unleserlich*] die unveränderliche Zahl von 101 Mitgliedern umfassen.
10 Künstler] *gestrichen folgt*: mit 11 durch Zuwahl ergänzt] *korrigiert aus*: im Falle von Austritt [?] 15 das] *gestrichen folgt*: aber

schen Verdienstes besteht. Sie trete geschlossen hervor bei feierlichen und für das Gedeien der Künste wichtigen Gelegenheiten. Alljährlich findet in München, dem Sitz der Akademie, eine Gesamttagung statt, an der alle Mitglieder, wenn irgend möglich teilnehmen sollen. Die oeffentliche Festsitzung werde etwa mit einer Symphonie, einer Rede eröffnet, und im Laufe von vier Tagen mögen Vorträge, musikalische und poetische Aufführungen, Ausstellungen von Werken bildender Kunst einander ablösen. Ein Jahrbuch der Akademie biete als Denkschrift den literarischen Niederschlag dieser Festtage. Auch ist die Herausgabe einer Bibliothek lebender Dichter geplant.

Außerordentliche Feiersitzungen mögen etwa den Charakter von Gedächtnisfeiern zur Ehrung Abgeschiedener tragen. Am Grabe Solcher sei die Akademie korporativ vertreten. Von Zeit zu Zeit finden sich die Kapitel der vier Gruppen zur Beratung der ihnen eigenen Interessen in Kapitel-Sitzungen zusammen.

Ein Gebäude erstehe der Akademie, dessen Mitte der Festsaal oder Tempel bilde, mit Nischen, bestimmt, die Büsten solcher Männer aufzunehmen, die durch oeffentliche Gedenkfeiern geehrt wurden. Er sei von Gesellschafts-, Lese- und Bibliotheksräumen umgeben. Alle Mitglieder spenden ein Exemplar ihrer jeweils erscheinenden Werke für die Bibliothek der Akademie.

Da die Wahl der Mitglieder auf Lebenszeit erfolgt, so kann ein Ausschluß nur auf Grund schwerer Verfehlungen gegen den Geist der Akademie erfolgen. Nach dem Ableben oder Ausscheiden eines Mitgliedes folgt durch das Kapitel derjenigen Gruppe, der es angehörte, die Zuwahl eines neuen Mitgliedes aus dieser Gruppe.

1–2 Alljährlich ... Akademie] *korrigiert aus*: In München, dem Sitz der Akademie, finde alljä[hrlich] 2 Gesamttagung] *korrigiert aus*: Gesamtsitzung 4 an der alle ... teilnehmen sollen.] *korrigiert aus*: zu der alle Mitglieder, wenn irgend möglich, erschein[en] sollen. 5 mit] *korrigiert aus*: durch 5 Rede] *korrigiert aus*: Festrede 6 Vorträge] *gestrichen folgt*: Auf[führungen] 7 poetische] *korrigiert aus*: literarische 8 einander ablösen.] *korrigiert aus*: ihr folgen. 16 der] *korrigiert aus*: ein

Im Sinne des Gesetzes ist die Deutsche Akademie kein Verein, sondern zunächst nur eine zwanglose Vereinigung ohne Vorstand und ohne Satzungen. Sie strebt jedoch behördliche Rechte an.

Der Ausschuß zur Gründung einer »Deutschen Akademie«:

4 »Deutschen Akademie«:] *gestrichen folgen in sieben Kolumnen die Namen*: Pfitzner, Strauß, Nikisch / Hauptmann, Th. Mann, Rilke / H. Mann, Wedekind / Preetorius, Liebermann, Hildebrandt / Hofmann, Kokoschka / Riemerschmidt, Rathenau, Gundolf / Wölfflin

VERZEICHNIS DER ZEICHEN, ABKÜRZUNGEN UND SIGLEN
BIBLIOGRAPHIE DER FORSCHUNGSLITERATUR

Zeichen

⟨...⟩	Textverlust in der Handschrift
°Wort°	Vom Autor nachträglich eingefügtes Wort
Wort	Vom Autor rückgängig gemachte Streichung
[Wort]	Vom Herausgeber ergänztes Wort

Abkürzungen

Hs.	Handschrift
Reg.	Regest-Nummer (s. *Regesten* unter Siglen)
TMA	Thomas-Mann-Archiv der ETH Zürich

Siglen

ARE I-III	Thomas Mann: Aufsätze, Reden, Essays. 1893–1913; 1914–1918; 1919–1925. Hg. von Harry Matter. Berlin (DDR) 1983–1986.
Br. I-III	Thomas Mann: Briefe 1889–1936; 1937–1947; 1948–1955. Hg. v. Erika Mann. Frankfurt / Main 1961–1965.
DüD I-III	Dichter über ihre Dichtungen. Thomas Mann. Hg. von Hans Wysling und Marianne Fischer. 3 Bände. Zürich u. a. 1975–1981.
E I-VI	Thomas Mann: Essays. Hg. von Hermann Kurzke und Stephan Stachorski. 6 Bände. Frankfurt / Main 1993–1997.
GKFA	Thomas Mann: Große kommentierte Frankfurter Ausgabe. Werke – Briefe – Tagebücher. Frankfurt / Main 2001 ff.

GW I-XIII	Thomas Mann: Gesammelte Werke in 13 Bänden. Frankfurt / Main 1974.
GWA 1–12	Thomas Mann: Gesammelte Werke in zwölf Bänden. Berlin (DDR) 1955.
HM / Ewers	Heinrich Mann: Briefe an Ludwig Ewers 1889–1913. Hg. von Ulrich Dietzel u. Rosemarie Eggert. Berlin / Weimar 1980.
Nb. I und II	Thomas Mann: Notizbücher 1–6 und 7–14. Hg. v. Hans Wysling und Yvonne Schmidlin. Frankfurt / Main 1991 / 92.
Nietzsche GOA	Nietzsche's Werke. Große Oktav-Ausgabe. 20 Bände. Leipzig 1899–1926.
Nietzsche KSA	Friedrich Nietzsche: Sämtliche Werke. Kritische Studienausgabe in 15 Bänden. Hg. v. Giorgio Colli u. Mazzino Montinari. München 1980.
Regesten	Die Briefe Thomas Manns. Regesten und Register. Hg. v. Hans Bürgin und Hans-Otto Mayer, unter Mitarbeit von Gert Heine u. Yvonne Schmidlin. 5 Bände. Frankfurt / Main 1976–1987.
RuA	Thomas Mann: Rede und Antwort. Gesammelte Abhandlungen und kleine Aufsätze. Berlin 1922.
SF / HF	Samuel Fischer / Hedwig Fischer: Briefwechsel mit Autoren. Hg. v. Dierk Rodewald und Corinna Fiedler. Mit einer Einführung von Bernhard Zeller. Frankfurt / Main 1989.
SSD	Richard Wagner: Sämtliche Schriften und Dichtungen. Volksausgabe. 16 Bände. 6. Aufl. Leipzig [1912–14].
Tb …	Thomas Mann: Tagebücher 1918–1921 u. 1933–1943. Hg. v. Peter de Mendelssohn. Tagebücher 1944–1955. Hg. von Inge Jens. 10 Bände. Frankfurt / Main 1977–1995.

TM/Amann	Thomas Mann: Briefe an Paul Amann 1915–1952. Hg. von Herbert Wegener. Lübeck 1959.
TM/Hauptmann II	Der Briefwechsel zwischen Thomas Mann und Gerhart Hauptmann. »Mit Hauptmann verband mich eine Art von Freundschaft«. Teil II: Briefe 1925–1935. Dokumentation und Verzeichnisse. Hg. v. Hans Wysling u. Cornelia Bernini. In: TMJ 7 (1994), S. 205–291.
TM/HM	Thomas Mann / Heinrich Mann: Briefwechsel 1900–1949. Hg. von Hans Wysling, 3. erweiterte Ausgabe. Frankfurt / Main 1995.
TM/Martens I	Briefwechsel Thomas Mann – Kurt Martens I (1899–1907). Hg. von Hans Wysling u. Thomas Sprecher. In: TMJ 3 (1990), S. 175–247.
TM/OG	Thomas Mann: Briefe an Otto Grautoff 1894–1901 und Ida Boy-Ed 1903–1928. Hg. v. Peter de Mendelssohn. Frankfurt / Main 1975.
TMJ	Thomas-Mann-Jahrbuch. Begründet von Eckhard Heftrich u. Hans Wysling. Hg. v. Eckhard Heftrich u. Thomas Sprecher. Frankfurt / Main 1988 ff.
TMS	Thomas-Mann-Studien. Hg. v. Thomas-Mann-Archiv der ETH in Zürich. Bern (bis 1988) und Frankfurt / Main 1967 ff.
TMUZ	Thomas Mann im Urteil seiner Zeit. Dokumente 1891–1955. Hg. mit einem Nachwort und Erläuterungen von Klaus Schröter. 2., unveränderte Aufl. Frankfurt / Main 2000 (= TMS XXII).

Forschungsliteratur

Bauer 2001	Bauer, Roger: Die schöne Décadence. Geschichte eines literarischen Paradoxons. Frankfurt / Main 2001 (Das Abendland – N. F. 28).

Brandenburg 1925	Brandenburg, Hans: Thomas Manns *Zauberberg*. In: Die schöne Literatur 26 (Mai 1925), S. 193 bis 200.
Carstensen 1986	Carstensen, Richard: Kommentar zu Thomas Manns Buddenbrooks. Lübeck 1986.
Dräger 1993	Dräger, Hartwig (Hg.): Buddenbrooks: Dichtung und Wirklichkeit. Bilddokumente. Lübeck 1993.
Ebel 1974	Ebel, Uwe: Rezeption und Integration skandinavischer Literatur in Thomas Manns »Buddenbrooks«. Neumünster 1974.
Frizen 1980	Frizen, Werner: Zaubertrank der Metaphysik. Quellenkritische Überlegungen im Umkreis der Schopenhauer-Rezeption Thomas Manns. Frankfurt / Main u. a. 1980 (Europäische Hochschulschriften, Reihe 1: Deutsche Sprache und Literatur, Bd. 342).
Frizen 1987	Frizen, Werner: Thomas Manns *Zauberberg* und die ›Weltgedichte‹ der Zeitenwende. In: Arcadia 22 (1987), 244–269.
Heftrich 1975	Heftrich, Eckhard: Zauberbergmusik. Über Thomas Mann [Bd. 1]. Frankfurt / Main 1975 (Das Abendland – N. F. 7).
Jens 1971	Jens, Inge: Thomas Mann. In: Dichter zwischen rechts und links: Die Geschichte der Sektion für Dichtkunst der Preußischen Akademie der Künste dargestellt nach den Dokumenten. München 1971, S. 108–118.
Maar 1995	Maar, Michael: Geister und Kunst. Neuigkeiten aus dem Zauberberg. München 1995.
Mendelssohn 1982	Mendelssohn, Peter de: Nachbemerkungen zu Thomas Mann. Bd. 1. Frankfurt / Main 1982.
Mendelssohn 1996 I	Mendelssohn, Peter de: Der Zauberer. Das Leben des deutschen Schriftstellers Thomas Mann. Bd. 1. Frankfurt / Main ^{2}1996.

Neumann 2001 — Neumann, Michael: Thomas Mann. Romane. Berlin 2001.

Pabst 1955 — Pabst, Walter: Venus und die mißverstandene Dido. Literarische Ursprünge des Sibyllen- und Venusberges. Hamburg 1955.

Petriconi 1958 — Petriconi, Hellmuth: Das Reich des Untergangs: Bemerkungen über ein mythologisches Thema. Hamburg 1958.

Rychner 1929 — Rychner, Max: Hamsun-Verehrung. In: Neue Schweizer Rundschau 22 (1. 9. 1929), S. 641–644.

Sauereßig 1965 — Sauereßig, Heinz: Die Entstehung des Romans *Der Zauberberg*. Zwei Essays und eine Dokumentation. Biberach an der Riß 1965.

Schröter 1965 — Schröter, Klaus: Anfänge Heinrich Manns. Zu den Grundlagen seines Gesamtwerks. Stuttgart 1965.

Schultz 1954 — Schultz, Stefan: On the Interpretation of Thomas Mann's *Der Zauberberg*. In: Modern Philology 52 (November 1954), S. 110–122.

Seidlin 1972 — Seidlin, Oskar: Das hohe Spiel der Zahlen. Die Peeperkorn-Episode in Thomas Manns *Zauberberg* [1971]. In: Ders.: Klassische und moderne Klassiker. Göttingen 1972, S. 103–126 u. 148–154.

Vaget 1984 — Vaget, Hans Rudolf: Thomas Mann-Kommentar zu sämtlichen Erzählungen. München 1984.

Vaget 1984 a — Vaget, Hans Rudolf: Thomas Mann und Wagner. Zur Funktion des Leitmotivs in *Der Ring des Nibelungen* und *Buddenbrooks*. In: Literatur und Musik. Ein Handbuch zur Theorie und Praxis eines komparatistischen Grenzgebiets. Hg. v. Steven P. Scher. Berlin 1984, S. 326–347.

Wieler 1996 — Wieler, Michael: Dilettantismus – Wesen und Geschichte. Am Beispiel von Heinrich und Thomas Mann. Würzburg 1996 (Studien zur Literatur- und Kulturgeschichte, Bd. 9).

Wysling 1967 Wysling, Hans: Thomas Manns Verhältnis zu den Quellen. Beobachtungen am »Erwählten«. In: Scherrer, Paul / Wysling, Hans: Quellenkritische Studien zum Werk Thomas Manns. Bern u. a. 1967 (TMS I), S. 258–324.

Wysling 1982 Wysling, Hans: Narzißmus und illusionäre Existenzform. Zu den Bekenntnissen des Hochstaplers Felix Krull. Bern u. a. 1982 (TMS V).

Wysling 1987 Wysling, Hans: 25 Jahre Arbeit im Thomas-Mann-Archiv. Rückblick und Ausblick. In: Internationales Thomas-Mann-Kolloquium 1986 in Lübeck. Hg. v. Eckhard Heftrich u. a. Bern u. a. 1987 (TMS VII), S. 370–380.

Wysling 1995 Wysling, Hans: *Der Zauberberg* – als Zauberberg. In: Das »Zauberberg«-Symposium 1994 in Davos. Hg. v. Thomas Sprecher. Frankfurt / Main 1995 (TMS XI), S. 43–57.

DIE HERAUSGEBER

der ›Großen kommentierten Frankfurter Ausgabe‹

Prof. Dr. JAN ASSMANN, Ordentlicher Professor für Ägyptologie in Heidelberg, Gastprofessuren in Paris, Yale und Jerusalem. Forschungsschwerpunkte: ägyptische Religion und Literatur in theoretischer und vergleichender Perspektive, allgemeine Religionswissenschaft; Rezeption Ägyptens in der europäischen Geistesgeschichte. Er beschäftigt sich mit Phänomenen kultureller Erinnerung in Thomas Manns *Joseph*-Tetralogie und publizierte mehrere Aufsätze zu diesem Thema.

CORNELIA BERNINI, Lic. Phil. I. Studium der Germanistik und Anglistik in Zürich und Reading (GB), wissenschaftliche Mitarbeiterin (seit 1985) und stellvertretende Leiterin des Thomas-Mann-Archivs der ETH Zürich. Mitherausgeberin der Briefwechsel Thomas Manns mit René Schickele (1992) und Gerhart Hauptmann (1993 / 1994). Redaktionelle Mitarbeit an zahlreichen Thomas-Mann-Editionen und -Publikationen, an den *Thomas-Mann-Studien* und am *Thomas-Mann-Jahrbuch*. Konzeptionelle Mitarbeit an verschiedenen Ausstellungen zu Leben und Werk Thomas Manns.

Prof. Dr. KLAUS BOHNEN, Lehrstuhl Deutsche Literatur und Interkulturelle Studien an der Universität Aalborg (Dänemark). Zahlreiche Veröffentlichungen (auch Editionen) zur deutschen Literatur und Komparatistik vom 18.–20. Jh. Zu Thomas Mann: Mehrere Aufsätze zur Argumentationsstrategie in den politischen Schriften, zu den Erzählungen und zum Einfluss Jens Peter Jacobsens und Herman Bangs auf Thomas Manns Werk.

Prof. Dr. DIETER BORCHMEYER, Ordinarius für Neuere deutsche Literatur und Theaterwissenschaft an der Universität Heidelberg. Abhandlungen über Thomas Manns Frühwerk, *Königliche Hoheit, Betrachtungen eines Unpolitischen, Joseph und seine Brüder, Doktor Faustus* und die Beziehung zu Richard Wagner; kommentierte Edition des Briefwechsels zwischen Thomas Mann und dem Wagner-Enkel Franz W. Beidler (1997).

Prof. Dr. HEINRICH DETERING, Universität Kiel. Mitglied des erweiterten Vorstandes der Thomas-Mann-Gesellschaft sowie der Jury des Thomas-Mann-Preises. Veröffentlichungen zu Thomas Mann: *Das offene Geheimnis. Zur literarischen Produktivität eines Tabus von Winckelmann bis zu Thomas Mann* (1994), etliche Aufsätze, außerdem Rezensionen. Laudatio zur Verleihung des Thomas-Mann-Preises an Ruth Klüger.

Dr. WERNER FRIZEN, Lehrer in Köln. Promotion mit einer Arbeit zur Schopenhauer-Rezeption Thomas Manns. Neben Veröffentlichungen vor allem zur Literatur der klassischen Moderne und zur zeitgenössischen Literatur liegen folgende selbständige Schriften zu Thomas Mann vor: *Zaubertrank der Metaphysik* (1980), *Die Bekenntnisse des Hochstaplers Felix Krull* (3. Aufl. 1999), *Der Tod in Venedig* (2. Aufl. 1997).

Dr. WOLF-DANIEL HARTWICH, Wissenschaftlicher Angestellter an der Universität Heidelberg. Publikationen: *Die Sendung Moses: Von der Aufklärung bis Thomas Mann* (1997). Aufsätze über *Fiorenza, Joseph und seine Brüder* sowie über Thomas Mann und Sigmund Freud.

Prof. Dr. Dr. h.c. ECKHARD HEFTRICH, em. Professor für Deutsche Literatur an der Universität Münster. Er hat zentrale Aspekte des erzählerischen Werks aufgearbeitet und in vielen Publikationen dargestellt. Zu nennen sind vor allem die drei Monographien, die unter dem Sammeltitel *Über Thomas Mann* erschienen sind: *Zauberbergmusik* (1975), *Vom Verfall zur Apokalypse* (1982) und *Geträumte Taten* (1993). Von 1985 bis 1994 war Heftrich Präsident der Deutschen Thomas-Mann-Gesellschaft, seit 1988 zeichnet er als Mitherausgeber des *Thomas-Mann-Jahrbuchs*, dessen Mitbegründer er war.

Prof. Dr. HERMANN KURZKE, Professor für Neuere deutsche Literaturgeschichte an der Universität Mainz. Eine Vielzahl von Aufsätzen über Thomas Mann. Herausgeber der kommentierten sechsbändigen Ausgabe von Thomas Manns Essays (1993–1997). Selbständige Publikationen: *Auf der Suche nach der verlorenen Irrationalität. Thomas Mann und der Konservatismus* (1972 / 1980); *Thomas Mann. Epoche – Werk – Wirkung* (1985); *Mondwanderungen. Ein Wegweiser durch Thomas Manns Joseph-Roman* (1993); *Thomas Mann. Das Leben als Kunstwerk* (1999).

Prof. Dr. HERBERT LEHNERT, Research Professor of German, University of California, Irvine. Thomas-Mann-Medaille 1998, mehrere Vorträge in Lübeck (Thomas-Mann-Kolloquium) und zahlreiche Aufsätze zu Thomas Mann. Buchveröffentlichungen: *Fiktion, Mythos, Religion* (1965); *Thomas-Mann-Forschung: Ein Bericht* (1969); zusammen mit Eva Wessell: *Nihilismus der Menschenfreundlichkeit: Thomas Manns »Wandlung« und sein Essay ›Goethe und Tolstoi‹* (1991). Herausgeber mit Peter Pfeiffer: *Doctor Faustus: A Novel at the Margin of Modernism* (1991).

Prof. Dr. MICHAEL NEUMANN, Professor für Neuere Deutsche Literatur an der Katholischen Universität Eichstätt. Forschungsschwerpunkte: deutschsprachige Literatur der Klassik und Romantik, Thomas Mann, Geschichte der Erzählliteratur, Literatur und Anthropologie. Editorische Arbeiten. Mehrere Aufsätze zu Thomas Mann, insbesondere über den *Zauberberg*.

Prof. Dr. TERENCE JAMES REED, Taylor Professor of the German Language and Literature an der Universität in Oxford. Wichtigste einschlägige Veröffentlichungen: *Thomas Mann. The Uses of Tradition* (1974); *Making and Unmaking a Master: Thomas Mann's ›Death in Venice‹* (1994); Herausgeber einer kommentierten Fassung von *Der Tod in Venedig* (1983).

Dr. THOMAS SPRECHER, seit 1994 Leiter des Thomas-Mann-Archivs der ETH Zürich und Präsident der Thomas-Mann-Gesellschaft Zürich. Buchpublikationen zu Thomas Mann: *Felix Krull und Goethe. Thomas Manns »Bekenntnisse« als Parodie auf »Dichtung und Wahrheit«* (1985); *Thomas Mann in Zürich* (1992); *Davos im Zauberberg. Thomas Manns Roman und sein Schauplatz* (1996). Herausgeber zahlreicher Sammelpublikationen zu Leben und Werk Thomas Manns. Seit 1994 Herausgeber der *Thomas-Mann-Studien* und Mitherausgeber des *Thomas-Mann-Jahrbuchs*.

STEPHAN STACHORSKI M. A. promoviert an der Universität Mainz über den Faschismus-Begriff im *Doktor Faustus*. Zusammen mit Hermann Kurzke hat er Thomas Manns Essays in einer sechsbändigen kommentierten Ausgabe herausgegeben (1993–1997). 1999 legte er den Band *Fragile Republik* vor, eine kommentierte Textsammlung zu Thomas Mann und Nachkriegsdeutschland.

Prof. Dr. HANS RUDOLF VAGET ist Helen und Laura Shedd Professor of German Studies and Comparative Literature am Smith College in Northampton, Massachusetts (USA). Einschlägige Publikationen: *Thomas-Mann-Kommentar zu sämtlichen Erzählungen* (1984); Herausgeber von *Thomas Mann / Agnes E. Meyer, Briefwechsel 1937–1955* (1992); *Im Schatten Wagners. Thomas Mann über Wagner. Texte und Zeugnisse 1895–1955* (1999). Zahlreiche Aufsätze zu Werk und Biographie Thomas Manns. Thomas-Mann-Medaille für den Agnes E. Meyer-Briefwechsel.

Prof. Dr. Ruprecht Wimmer, Professor für Neuere deutsche Literaturwissenschaft an der Katholischen Universität Eichstätt, seit 1994 Präsident der Deutschen Thomas-Mann-Gesellschaft, seit 1996 Präsident der Katholischen Universität Eichstätt. Zahlreiche Aufsätze zum Werk Thomas Manns, u. a. über *Doktor Faustus*, *Buddenbrooks*, den *Zauberberg* und den *Erwählten*.

DAS THOMAS-MANN-ARCHIV DER ETH ZÜRICH

Nach dem Tode Thomas Manns übergab die Erbengemeinschaft 1956 seinen literarischen Nachlass, persönliche Gedenkstücke und die Ausstattung seines letzten Arbeitszimmers der Eidgenössischen Technischen Hochschule Zürich (ETH). Diese gründete in der Folge das Thomas-Mann-Archiv (TMA). 1961 richtete sich das TMA im Bodmerhaus ein, wo schon seit Jahrhunderten Kunst und Literatur zu Hause sind. Zu den namhaftesten auswärtigen Besuchern des Literaten Johann Jakob Bodmer, der hier von 1739 bis 1783 wohnte, zählen Klopstock, Wieland, Ewald von Kleist und vor allem Goethe.

Das Archiv wurde in den Jahren des Aufbaus von Dr. Paul Scherrer geleitet. Unter Prof. Dr. Hans Wysling (1961–1993) hat es eine überaus anregende Wirkung auf die wissenschaftliche Beschäftigung mit Thomas Mann und seinem Werk ausgeübt. Seit 1994 steht Dr. Thomas Sprecher dem TMA vor.

Das TMA beherbergt den Großteil der noch vorhandenen Thomas-Mann-Autographen: Manuskripte, Tagebücher, Notizbücher, Briefe und andere Handschriften mehr. Dazu kommen aufschlussreiche Vorarbeiten und Arbeitsmaterialien zu verschiedenen Werken und ihren Frühstufen. Das TMA hat den ihm übergebenen Nachlass nicht nur erschlossen, sondern nach Kräften auch ergänzt und Werkausgaben, Übersetzungen, Briefe, Schallplatten und andere Tonträger, Fotografien, Mikrofilme, Zeitungsartikel zu Tausenden und Zehntausenden gesammelt. Auch die Sekundärliteratur wird mit möglichster Vollständigkeit erworben.

Die Ausstellung des TMA zeigt in verschiedenen Räumlichkeiten zahlreiche Dokumente zu Leben und Werk. Der bedeutendste Ausstellungsraum ist das Gedenkzimmer mit Schreibtisch und anderem Mobiliar, Bibliothek, Bildern und Kunstgegenständen aus Thomas Manns Kilchberger Arbeitszimmer. Das TMA zeigt seine Archivalien auch an externen Ausstellungen im In- und Ausland.

Die wissenschaftliche Benutzung des TMA steht allen Interessierten offen. Das Lesezimmer versammelt Benützer jedweder geographischer und auch unterschiedlicher fachlicher Herkunft, welche die verschiedensten Themen bearbeiten. Das TMA erteilt sodann Auskünfte und stellt Reproduktionen von Archivmaterialien zur Verfügung.

Das TMA hat wichtige Editionen erarbeitet, Quellenforschung betrieben und maßgebende Interpretationen vorgelegt. Es gibt seit 1967 die *Thomas-Mann-Studien* heraus. Sodann ist es Mitherausgeber des 1988 begründeten *Thomas-Mann-Jahrbuchs.*

Thomas-Mann-Archiv der ETH Zürich
Schönberggasse 15, CH-8001 Zürich, tma@tma.gess.ethz.ch

Das Thomas-Mann-Zimmer. Zwischen den Fenstern: Teile der Nachlassbibliothek

ÜBER DEN BUCHGESTALTER JOST HOCHULI

schreibt sein deutscher Kollege, Prof. Hans Peter Willberg:

Wie kommt es, dass Jost Hochulis Arbeiten auf den ersten Blick so einfach und so ruhig aussehen, obwohl sie sich bei genauerem Studium als überaus reich, differenziert, ja kompliziert erweisen? Dass sie sowohl kühl wie warm genannt werden können? Hochuli selbst spricht von der »Zweigesichtigkeit« seiner Arbeiten, von der Beeinflussung durch seinen Lehrer Willi Baus an der Kunstgewerbeschule St. Gallen, der ihn einerseits auf seinen Lehrer Rudolf Koch, anderseits aber auch auf das Bauhaus, auf die Zürcher Graphiker Vivarelli, Lohse und deren Kreis und auf den Typographen Emil Ruder hinwies. »Die Zweigesichtigkeit« – so schreibt Jost Hochuli – »wurde später noch ausgeprägter, als ich einerseits im Schweizerischen Werkbund jene typischen Exponenten dogmatischer schweizerischer Gebrauchsgraphik und Typographie persönlich kennen und schätzen lernte und anderseits den Schriftunterricht von Walter Käch besuchte ... Ich schaute und schaue also gleichsam rückwärts und vorwärts, und ich mag das eine nicht ohne das andere tun.« Als außenstehender Beobachter vermag ich jedoch kaum Zweigesichtigkeit zu entdecken – sofern da etwas von Zwiespalt drinsteckt, und nichts von Rückwärtsschau – sofern das mit Historismus zu tun hat. Das Geheimnis der zugleich strengen und reichen, der zugleich kühlen und warmen Ausstrahlung dieser Arbeiten ist – so meine ich – mehr formaler als »philosophischer« Art, es heißt: Schrift. Auch dort, wo Hochuli Schrift nur einsetzt und nicht gestaltet, bei den typographischen Arbeiten also bis hin zum Layout von Bildseiten, die keinerlei Schrift tragen, ist spürbar, dass die intensive Auseinandersetzung mit der Schriftform der Grund für deren Qualität ist. Das Wesentliche an Schrift ist die Entwicklung des Schriftkörpers und zugleich dessen, was er umschließt, die Spannung von Außenform und Binnenform also. Auf die Typographie übertragen heißt das: das Verhältnis des bedruckten und des unbedruckten Raumes zueinander.

Man untersuche die Arbeiten Jost Hochulis auf die Qualität der Negativformen hin, und man wird feststellen, dass sie ausnahmslos positiv wirken, dass sie nicht nur berücksichtigt, sondern tragender Bestandteil der Gestaltung sind. Die Stabilität, die sich daraus ergibt, ist die Erklärung dafür, dass der große Reichtum der differenzierten Gestaltungsmittel Hochulis nicht beunruhigend, nicht kleinteilig, nicht spießig wirkt. Das Vermögen hierzu ergibt sich aus der nicht nur betrachtenden, sondern auch handwerklich gestaltenden Auseinandersetzung mit der Schrift. Das ist nicht rückwärts gerichtet, sondern ergibt sich aus der Suche nach dem auch heute gültigen Maßstab für Qualität.

Biographisches

Geboren am 8. Juni 1933 in St. Gallen. 1952–1954 Kunstgewerbeschule St. Gallen, Ausbildung zum Gebrauchsgraphiker. 1954–1955 Volontär bei Rudolf Hostettler in der Druckerei Zollikofer & Co. AG, St. Gallen. 1955–1958 Lehre als Schriftsetzer bei Zollikofer und an der Setzerfachklasse der Kunstgewerbeschule Zürich. 1958–1959 Ecole Estienne, Paris (Kurse bei Adrian Frutiger).

Seit 1959 eigenes Atelier für Gebrauchsgraphik (Schwerpunkt Industrie- und institutionelle Graphik) und Buchgestaltung in St. Gallen.

Unterrichtstätigkeit: 1967–1980 als Nachfolger von Walter Käch nebenamtlicher Lehrer für Schrift, später auch für formale Basisausbildung von Graphikern an der Kunstgewerbeschule (Schule für Gestaltung) Zürich, 1968 unterbrochen von einem halbjährigen Studienaufenthalt in England. 1980–1996 nebenamtlicher Lehrer für Schrift an der Schule für Gestaltung in St. Gallen und Leiter des berufsbegleitenden Weiterbildungskurses ›Typografischer Gestalter‹. Seit 1976 Vorträge und Seminare im In- und Ausland. 1988 Berufung als Professor für Schrift, im speziellen Typographie, an die Universität-Gesamthochschule Essen; Nichtannahme der Berufung.

1979 Mitgründer der Genossenschaft VGS Verlagsgemeinschaft St. Gallen; seither Präsident und Gestalter dieses Kleinverlages.

Ausstellungen: 1983 im Stadtmuseum München, Ignaz-Günther-Haus (mit Gerrit Noordzij), 1989/90 in Warschau, Krakau, Thorn und Posen, 1991 Stuttgart, 1996 London, 1997 St. Gallen, 1998 Mainz (Typotron-Hefte im Gutenberg-Museum), 1999 Leipzig.

Auszeichnungen: Icograda-Ehrenpreis an der Internationalen Buchkunstausstellung IBA 1989 in Leipzig. Gutenberg-Preis der Stadt Leipzig 1999. Zahlreiche prämierte Bücher an den Wettbewerben Schönste Schweizer Bücher und Schönste Bücher aus aller Welt, Leipzig.

Mitglied der Association Typographique Internationale, ATypl. Ehrenmitglied des Double Crown Club, London. Honorary Fellow International Society of Typographic Designers (HonFSTD).

Jost Hochuli: Die Schrift der Großen kommentierten Frankfurter Thomas-Mann-Ausgabe

Für den Satz dieser Ausgabe wurden von acht möglichen Schriften Probesätze erstellt. Von diesen wurden drei (Baskerville, Janson und Trinité Roman Condensed 2) unter verschiedenen Aspekten genauer geprüft. Ausgewählt wurde schließlich die Trinité.

Die Trinité-Schriftfamilie ist in den Jahren 1978–1981 vom Holländer Bram de Does (* 1934) entworfen worden. Richtig auf den Markt gelangte sie aber erst, als sie – leicht modifiziert – 1991 von der Enschedé Font Foundry in digitalisierter Form herausgebracht wurde. Sie hat je zwei Stärken in Roman Wide, Roman Condensed und Italic sowie eine Bold. Alle Schriften haben je drei unterschiedliche Ober- und Unterlängen: kurze (Trinité 1), mittlere (Trinité 2) und lange (Trinité 3).

Die in unserer Ausgabe verwendete Version Trinité Roman Condensed 2 erwies sich von allen geprüften Schriften nicht nur als die lesbarste, sondern auch als diejenige, die den ruhigsten Gesamteindruck hinterlässt. Darüber hinaus ist mit der Variante Medium Condensed 2 eine Auszeichnungsschrift für alle Werbematerialien vorhanden – Umschläge, Poster, Inserate usw. –, die dieser großen Gesamtausgabe einen im deutschsprachigen Verlagswesen neuen, einmaligen Auftritt ermöglicht.

Auf Grund der Möglichkeiten, die die elektronische Daten- und Textverarbeitung eröffnen, plant der S. Fischer Verlag, in Zukunft der Buchausgabe dieser historischen Edition eine elektronische Publikation an die Seite zu stellen. Zwei inhaltlich getrennte, aber virtuell verknüpfbare Bereiche werden zum einen die um Dokumente und sämtliche Varianten erweiterte *Große kommentierte Frankfurter Ausgabe* enthalten, zum anderen einen eigenständigen Archiv-Bereich, der Ergänzungen unterschiedlicher Art bieten wird. Texte, die nicht integraler Bestandteil der Edition sind, z. B. die Notizbücher, können ebenso ins elektronische Archiv aufgenommen werden wie einzelne bedeutende Gegenbriefe an Thomas Mann oder die Regesten sämtlicher Briefe.

Entwurf einer Zeitleiste für die CD-ROM
der Großen kommentierten Frankfurter Ausgabe

Die CD-ROM wird somit ein wissenschaftliches Arbeitsmittel sein, das über eine Vielfalt an Funktionalität, individueller Darstellungs-, Auswertungs- und Projektplanungsmöglichkeiten verfügen soll. Sie wird gleichzeitig eine Fundgrube für den interessierten Leser darstellen. Die Bild- und Tonmaterialien, die den wissenschaftlichen Teil illustrieren, können einzigartige Einblicke in die Zeitgeschichte und das Leben Thomas Manns erlauben. Die CD-ROM wird dem Benutzer somit eine umfassende Thomas-Mann-Datenbank zur Verfügung stellen.

DIE BANDAUFTEILUNG DER ›GROSSEN KOMMENTIERTEN FRANKFURTER AUSGABE‹

Band 1.1: Buddenbrooks (Textband)
Band 1.2: Buddenbrooks (Kommentarband)

Band 2.1: Frühe Erzählungen (1893–1912) (Textband)
Band 2.2: Frühe Erzählungen (1893–1912) (Kommentarband)

Vision. Prosa-Skizze
Gefallen
Der Wille zum Glück
Der kleine Herr Friedemann
Der Tod
Enttäuschung
Der Bajazzo
Luischen
Tobias Mindernickel
Der Kleiderschrank
Gerächt. Novellistische Studie
Der Weg zum Friedhof
Tristan
Gladius Dei
Die Hungernden
Tonio Kröger
Ein Glück
Das Wunderkind
Beim Propheten
Schwere Stunde
Wälsungenblut
Anekdote
Das Eisenbahnunglück
Wie Jappe und Do Escobar sich prügelten
Der Tod in Venedig

Band 3.1: Fiorenza, Lyrik, Gesang vom Kindchen (Textband)
Band 3.2: Fiorenza, Lyrik, Gesang vom Kindchen (Kommentarband)

Band 4.1: Königliche Hoheit (Textband)
Band 4.2: Königliche Hoheit (Kommentarband)

Band 5.1: Der Zauberberg (Textband)
Band 5.2: Der Zauberberg (Kommentarband)

Band 6.1: Späte Erzählungen (1919–1953) (Textband)
Band 6.2: Späte Erzählungen (1919–1953) (Kommentarband)
Herr und Hund
Unordnung und frühes Leid
Mario und der Zauberer
Die vertauschten Köpfe
Das Gesetz
Die Betrogene

Band 7.1: Joseph und seine Brüder I (Textband)
Die Geschichten Jaakobs
Der junge Joseph
Band 7.2: Joseph und seine Brüder I (Kommentarband)
Die Geschichten Jaakobs
Der junge Joseph

Band 8.1: Joseph und seine Brüder II (Textband)
Joseph in Ägypten
Joseph, der Ernährer
Band 8.2: Joseph und seine Brüder II (Kommentarband)
Joseph in Ägypten
Joseph, der Ernährer

Band 9.1: Lotte in Weimar (Textband)
Band 9.2: Lotte in Weimar (Kommentarband)

Band 10.1: Doktor Faustus (Textband)
Band 10.2: Doktor Faustus (Kommentarband)

Band 11.1: Der Erwählte (Textband)
Band 11.2: Der Erwählte (Kommentarband)

Band 12.1: Bekenntnisse des Hochstaplers Felix Krull (Textband)
Band 12.2: Bekenntnisse des Hochstaplers Felix Krull (Kommentarband)

Band 13.1: Betrachtungen eines Unpolitischen (Textband)
Band 13.2: Betrachtungen eines Unpolitischen (Kommentarband)

Band 14.1: Essays I: 1893–1914 (Textband)
Band 14.2: Essays I: 1893–1914 (Kommentarband)
Frühlingssturm
Bilse und ich
Versuch über das Theater
Der alte Fontane
Die gesellschaftliche Stellung des Schriftstellers in Deutschland
Der Doktor Lessing
Chamisso
Auseinandersetzung mit Wagner
Der Literat
[An die Redaktion der »Staatsbürger-Zeitung«]
Vorwort zu einem Roman
u. a.

Band 15.1: Essays II: 1914–1926 (Textband)
Band 15.2: Essays II: 1914–1926 (Kommentarband)
Gedanken im Kriege
Fiedrich und die große Koalition
Der Entwicklungsroman
Goethe und Tolstoi
Zur jüdischen Frage
Das Problem der deutsch-französischen Beziehungen
Von Deutscher Republik
Okkulte Erlebnisse
Deutschland und die Demokratie
Zu Goethes ›Wahlverwandtschaften‹
Vom Geist der Medizin
Kosmopolitismus
Über die Ehe
u. a.

Band 16.1: Essays III: 1926–1933 (Textband)
Band 16.2: Essays III: 1926–1933 (Kommentarband)

Lübeck als geistige Lebensform
Die große Szene in Kleists ›Amphitryon‹
Kultur und Sozialismus
Dürer
Rede über Lessing
Die Stellung Freuds in der modernen Geistesgeschichte
Lebensabriß
Theodor Storm
Deutsche Ansprache
Vom Beruf des deutschen Schriftstellers in unserer Zeit
Goethe als Repräsentant des bürgerlichen Zeitalters
u. a.

Band 17.1: Essays IV: 1933–1939 (Textband)
Band 17.2: Essays IV: 1933–1939 (Kommentarband)

Leiden und Größe Richard Wagners
Meerfahrt mit Don Quijote
Achtung, Europa!
Freud und die Zukunft
Richard Wagner und der ›Ring des Nibelungen‹
Vom kommenden Sieg der Demokratie
Schopenhauer
Bruder Hitler
Über Goethes ›Faust‹
Dieser Friede
An die gesittete Welt
Einführung in den ›Zauberberg‹
Anna Karenina
u. a.

Band 18.1: Essays V: 1939–1945 (Textband)
Band 18.2: Essays V: 1939–1945 (Kommentarband)
Das Problem der Freiheit
Dieser Krieg
Die Kunst des Romans
The War and the Future
Deutschland und die Deutschen
Deutsche Hörer!
u. a.

Band 19.1: Essays VI: 1945–1950 (Textband)
Band 19.2: Essays VI: 1945–1950 (Kommentarband)
Dostojewski mit Maßen
Warum ich nicht nach Deutschland zurückgehe
[Zu den Nürnberger Prozessen]
Nietzsches Philosophie im Lichte unserer Erfahrung
Goethe und die Demokratie
Reisebericht
u. a.

Band 20.1: Essays VII: 1950–1955 (Textband)
Band 20.2: Essays VII: 1950–1955 (Kommentarband)
Meine Zeit
Die Erotik Michelangelos
Der Künstler und die Gesellschaft
Versuch über Tschechow
Versuch über Schiller
u. a.

Band 21: Briefe I: 1889–1913
Band 22: Briefe II: 1914–1923
Band 23: Briefe III: 1924–1932
Band 24: Briefe IV: 1933–1938
Band 25: Briefe V: 1939–1942
Band 26: Briefe VI: 1943–1947
Band 27: Briefe VII: 1948–1951
Band 28: Briefe VIII: 1952–1955

Band 29: Tagebücher 1918–1921
Band 30: Tagebücher 1933–1934
Band 31: Tagebücher 1935–1936
Band 32: Tagebücher 1937–1939
Band 33: Tagebücher 1940–1943
Band 34: Tagebücher 1944–1946
Band 35: Tagebücher 1946–1948
Band 36: Tagebücher 1949–1950
Band 37: Tagebücher 1951–1952
Band 38: Tagebücher 1953–1955

Bildnachweis

S. Fischer Verlag, Frankfurt / Main: 5, 27, 35, 37, 44, 180
Rowohlt Verlag, Reinbek (in: »›Ruhe gibt es nicht, bis zum Schluß‹, Klaus Mann (1906–1949)‹. Hg. von Uwe Naumann: 31
Ilse Mayer-Gehrken (Th. W. Adorno-Archiv, Frankfurt / Main): 50
Thomas-Mann-Archiv in der ETH Zürich: 61, 87, 119, 121, 130, 159, 175

Editionsübersicht

2001

Bd. 1.1: Buddenbrooks
Textband
Bd. 1.2: Buddenbrooks
Kommentarband

Bd. 14.1: Essays I: 1893–1914
Textband
Bd. 14.2: Essays I: 1893-1914
Kommentarband

Bd. 21: Briefe I: 1889–1913

2002

Bd. 5.1: Der Zauberberg
Textband
Bd. 5.2: Der Zauberberg
Kommentarband

Bd. 15.1: Essays II: 1914–1926
Textband
Bd. 15.2: Essays II: 1914–1926
Kommentarband

2003

Bd. 9.1: Lotte in Weimar
Textband
Bd. 9.2: Lotte in Weimar
Kommentarband

Bd. 17.1: Essays IV: 1933–1939
Textband
Bd. 17.2: Essays IV: 1933–1939
Kommentarband

Bd. 22: Briefe II: 1914–1923

2004

Bd. 10.1: Doktor Faustus
Textband
Bd. 10.2: Doktor Faustus
Kommentarband

Bd. 2.1: Frühe Erzählungen (1893–1912)
Textband
Bd. 2.2: Frühe Erzählungen (1893–1912)
Kommentarband

Bd. 19.1: Essays VI: 1945–1950
Textband
Bd. 19.2: Essays VI: 1945–1950
Kommentarband

2005

Bd. 12.1: Bekenntnisse des Hochstaplers Felix Krull
Textband
Bd. 12.2: Bekenntnisse des Hochstaplers Felix Krull
Kommentarband

Bd. 20.1: Essays VII: 1950–1955
Textband
Bd. 20.2: Essays VII: 1950–1955
Kommentarband

Bd. 23: Briefe III: 1924–1932

2006

Bd. 7.1: Joseph und seine Brüder I
Die Geschichten Jaakobs
Der junge Joseph
Textband
Bd. 7.2: Joseph und seine Brüder I
Die Geschichten Jaakobs
Der junge Joseph
Kommentarband

Bd. 8.1: Joseph und seine Brüder II
Joseph in Ägypten
Joseph, der Ernährer
Textband
Bd. 8.2: Joseph und seine Brüder II
Joseph in Ägypten
Joseph, der Ernährer
Kommentarband

Bd. 18.1: Essays V: 1939–1945
Textband
Bd. 18.2: Essays V: 1939–1945
Kommentarband

2007

Bd. 4.1: Königliche Hoheit
Textband
Bd. 4.2: Königliche Hoheit
Kommentarband

Bd. 13.1: Betrachtungen
eines Unpolitischen
Textband
Bd. 13.2: Betrachtungen
eines Unpolitischen
Kommentarband

Bd. 24: Briefe IV: 1933–1938

2008

Bd. 11.1: Der Erwählte
Textband
Bd. 11.2: Der Erwählte
Kommentarband

Bd. 16.1: Essays III: 1926–1933
Textband
Bd. 16.2: Essays III: 1926–1933
Kommentarband

2009

Bd. 3.1: Fiorenza, Lyrik, Gesang
vom Kindchen
Textband
Bd. 3.2: Fiorenza, Lyrik, Gesang
vom Kindchen
Kommentarband

Bd. 6.1: Späte Erzählungen (1919–1953)
Textband
Bd. 6.2: Späte Erzählungen (1919–1953)
Kommentarband

Bd. 25: Briefe V: 1939–1942

2011

Bd. 26: Briefe VI: 1943–1947

2013

Bd. 27: Briefe VII: 1948–1951

2015

Bd. 28: Briefe VIII: 1952–1955

2010–2015

Bd. 29: Tagebücher 1918–1921
Bd. 30: Tagebücher 1933–1934
Bd. 31: Tagebücher 1935–1936
Bd. 32: Tagebücher 1937–1939
Bd. 33: Tagebücher 1940–1943
Bd. 34: Tagebücher 1944–1946
Bd. 35: Tagebücher 1946–1948
Bd. 36: Tagebücher 1949–1950
Bd. 37: Tagebücher 1951–1952
Bd. 38: Tagebücher 1953–1955